Cometierra

Cometierra

Dolores Reyes

HarperCollins *Español*

COMETIERRA. Copyright © 2019 de Dolores Reyes. Todos los derechos reservados. Impreso en los Estados Unidos de América. Ninguna sección de este libro podrá ser utilizada ni reproducida bajo ningún concepto sin autorización previa y por escrito, salvo citas breves para artículos y reseñas en revistas. Para más información, póngase en contacto con HarperCollins Publishers, 195 Broadway, New York, NY 10007.

Los libros de HarperCollins Español pueden ser adquiridos con fines educativos, empresariales o promocionales. Para más información, envíe un correo electrónico a SPsales@harpercollins.com.

Publicado originalmente por Editorial Sigilo en Argentina en 2019.

PRIMERA EDICIÓN DE HARPERCOLLINS ESPAÑOL, 2021

Este libro ha sido debidamente catalogado en la Biblioteca del Congreso de los Estados Unidos.

ISBN 978-0-06-306988-6

21 22 23 24 25 LSC 10 9 8 7 6 5 4 3 2 1

A la memoria de Melina Romero y Araceli Ramos.

A las víctimas de femicidio, a sus sobrevivientes.

Nadie sabe lo que puede un cuerpo.

BARUCH SPINOZA

—**Los muertos no** ranchan donde los vivos. Tenés que entender.

—No me importa. Mamá se guarda acá, en mi casa, en la tierra.

—Aflojá de una vez. Todos te esperan.

Si no me escuchan, trago tierra.

Antes tragaba por mí, por la bronca, porque les molestaba y les daba vergüenza. Decían que la tierra es sucia, que se me iba a hinchar la panza como a un sapo.

—Levantate de una vez. Lavate un poco.

Después empecé a comer tierra por otros que querían hablar. Otros, que ya se fueron.

—¿Para qué está el cementerio? Para enterrar a las personas. Vestite.

—No me importan las personas. Mamá es mía. Mamá se queda.

—Parecés un bicho. Ni siquiera te acomodaste el pelo.

Miro la pieza, las paredes de madera que mamá quería ir forrando desde adentro con ladrillos. Las chapas del techo, bien altas, grises. El suelo, mi cama y el lado de la pieza donde ella se tiraba a dormir si el viejo andaba pesado.

«No va a haber nadie de ese lado», pienso, y me tapo la cabeza con la almohada. Mamá me peinaba, mamá me cortaba el pelo.

—¿Vos querés que te llevemos a la rastra? No seas pendeja. Tendrías que tener vergüenza de hacer caprichos hoy.

Me paro de una, el pelo me tapa casi toda la musculosa, una cortina que llega a arañar la bombacha. Me agacho. Busco las zapatillas, el pantalón de ayer que andará tirado. Y guardo las lágrimas para mí y para que quede, sola, una furia que parece acalambrarme.

Para ir al baño tengo que salir de la pieza. Pasar por donde la gente está revoloteando mi casa como moscas. Vecinos chusmas, que fuman y hablan pavadas.

El Walter se habrá amotinado. A él no lo mueve nadie. Nunca más mamá y yo.

Me pongo el pantalón, me acomodo la musculosa adentro. Prendo el botón, subo el cierre mientras le clavo los ojos a mi tía. A ver si por un rato me deja de joder.

Si me paro, si salgo de la pieza y camino detrás de esas manos que llevan el cuerpo en la tela, es porque estoy harta. Porque quiero que se vayan de una vez.

El Walter no quiere venir.

Verla en silencio caer en un agujero abierto en el cementerio, al fondo, donde están las tumbas de los pobres. Ni lápidas, ni bronce. Antes del cañaveral, una boca seca que se la traga. La tierra, abierta como un corte. Y yo tratando de frenarla, haciendo fuerza con mis brazos, con este cuerpo que no alcanza siquiera a cubrir el ancho del pozo. Mamá cae igual.

Mi fuerza, poca, no cambia nada.

La tierra la envuelve como los golpes del viejo y yo pegada al suelo, cerca como siempre de ese cuerpo que se me llevan como en un robo.

Mientras, las voces rezan.

¿Para qué? Si al final, removida, solo está la tierra.

Nunca más mamá y yo.

Entra. La tapan. Oreja en tierra, miro. Todavía puedo respirar. Pensé que no, que las costillas se me hundían arañándome los pulmones.

Guardo en pesadillas el sonido de ese lugar, un desperdicio de dolor y pestilencia.

Hasta el sol me confunde, me sangra en la piel caliente. Y los ojos, ardidos como si me hubiesen echado ácido, luchando por no llorar.

Un amarillo basura, fiebre, o un gris, gris chapa, gris enfermo el dolor. Solo el dolor parece no morir nunca.

Van a dejarte acá, mamá, todos, aunque no quiera. Aunque mis manos no los dejen, te vas a quedar.

Creo que puedo poco, solo tragar tierra de este lugar y que no sea más enemiga, la tierra desconocida de un cementerio que jamás pisamos, ni mamá ni yo.

Ella se queda acá y yo me llevo algo de esta tierra en mí, para saber, a oscuras, mis sueños.

Cierro los ojos para apoyar las manos sobre la tierra que acaba de taparte, mamá, y se me hace de noche. Cierro los puños, atrapo

y la llevo a la boca. La fuerza de la tierra que te devora es oscura y tiene el gusto del tronco de un árbol. Me gusta, me muestra, me hace ver.

¿Amanece? No. Es el sol que me enciende los ojos y la piel.

La tierra parece envenenarme.

Dicen:

—Levantate, Cometierra, levantate de una vez. Soltala, dejala ir.

Pero sigo con los ojos cerrados. Lucho contra el asco de seguir tragando tierra. No me alcanza, no me voy a ir sin ver, sin saber.

Alguien dice:

—¿Ni para el jonca hay?

Y me obliga a abrir los ojos.

Mamá, vas al agujero en una tela que es casi un trapo. ¿Quién va a hablarme ahora? Sin vos no soy nada, no quiero ser. ¿La tierra va a hablarme? Si ya me habló:

La sacudieron. Veo los golpes aunque no los sienta. La furia de los puños hundiéndose como pozos en la carne. Veo a papá, manos iguales a mis manos, brazos fuertes para el puño, que se enganchó en tu corazón y en tu carne como un anzuelo. Y algo, como un río, que empieza a irse.

Morirte, mamá, y cortarte fresca de nosotros dos.

—Levantate, Cometierra, levantate de una vez. Soltala, dejala ir.

Primera parte

EL WALTER FUE bueno, no como la tía. Se sentaba en mi cama, escuchaba, hablaba poco. No se enojaba si yo a veces agarraba la almohada y dormía en el suelo, abajo de la cama, como si las maderas y el colchón fuesen el techo de una casa solo para mi cuerpo. Estaba ahí, horas conmigo. Esperaba.

Yo escuchaba los ruidos de la casa, crecía.

A veces mi hermano me preguntaba por papá. «El viejo», decía él. Quería saber si había venido, si me lo había vuelto a cruzar.

—No sé nada de papá. ¿Le pregunto a la tierra?

—No —decía el Walter siempre—, te va a hacer mal.

Una tarde esperé a que la tía se fuera a comprar algo para comer y salí. Lo busqué al Walter en la pieza de al lado. Habían sacado la cama grande.

«Estoy sola —pensé—. ¿Y si el Walter y la tía no vuelven más?».

Fui a la cocina y abrí una lata de arvejas. Me dio pena tirarlas, así que vacié la lata arriba de la mesa. Un líquido baboso fue abriéndose desde el amontonamiento que quedó en el medio. Me dieron ganas de comer, pero no. Necesitaba la panza vacía. Fui a

buscar un cuchillo y cuando abrí el cajón vi el destapador de mi viejo.

Para preguntarle a la tierra necesitaba algo de él, y mi tía y el Walter habían ido borrándolo de la casa y de mi vida. Ni la cama habían dejado. Agarré el destapador del cajón y me quedé mirándolo. Después, contenta como si tuviera un tesoro, me lo guardé en el bolsillo del short.

Salí de la casa, descalza, los pelos sueltos, el destapador en un bolsillo, la lata vacía en una mano y el cuchillo en la otra.

Me senté en el terreno, pasé la mano por la tierra, clavé el cuchillo y lo saqué. Me gustó. Volví a clavarlo, pero esta vez no lo saqué, traté de moverlo, de ir abriendo la tierra, de aflojarla de a poco. La tierra es fuerte pero me dejó. Cuando empezó a abrirse, apoyé la mano y la cerré. Tierra adentro de mi puño. La puse encima del short. Mientras aflojaba la tierra con el cuchillo y la mano, la iba juntando ahí. Después saqué del bolsillo el destapador de mi viejo y lo metí en el agujero. Lo puse parado, en el medio, y de a puñados fui devolviendo la tierra hasta que quedó bien tapado. Me limpié las manos en el short y las piernas.

Sentada, mi pelo llegaba hasta el piso. Tenía el color de ese suelo en el que vivía.

Hubiera querido que saliera aunque fuese algún bicho a estar conmigo, pero no pasó. Esperé igual, mirándome las manos, las piernas y el cuchillo. Después agarré todo, tierra y destapador, y pensé en la última vez que lo había visto a mi viejo destapando una birra.

Pensar eso me dolió. Con bronca, metí todo junto en la lata.

Me paré y fui para adentro. Una parte del jugo de las arvejas se había escurrido al suelo. Corrí una silla y me senté. Tenía la lata en una mano y la otra con la palma abierta hacia arriba. Quise vaciar un poco de tierra en la mano abierta pero se me vino todo junto, tierra y destapador. Una parte de la tierra se escapó al piso. Me llevé lo demás a la boca y comí con todas las ganas que tenía de ver a papá de nuevo. Me llenaba la lengua, cerraba la boca y trataba de tragar. Sentía que la tierra pasaba de ser una cosa en mi mano a ser algo vivo, tierra amiga en mí, y seguía comiendo. Cuando no hubo más, quedó el destapador. Le pasé la lengua hasta dejarlo limpio.

Y cuando tuve la panza pesada de tierra, cerré los ojos.

—Papá está vivo —les dije al Walter y a la tía después, cuando los vi parados mirándome. Pensé que se iban a poner contentos, pero no. No hablaban. Parecía que se habían quedado congelados. Yo salí corriendo y lo abracé al Walter.

—¿Qué carajo hiciste, pendeja? —dijo mi tía agarrándome del brazo para separarme de mi hermano.

—Walter, papá está vivo —le repetí mientras ella me tiraba para atrás.

Mi hermano volvió a acercarse y me agarró de la mano. Me llevó al baño, me lavó las piernas con una esponja, dejó la canilla abierta. Mientras me limpiaba los brazos y las manos, el Walter me hizo prometerle que nunca más iba a comer tierra.

Cuando prometí, mi hermano me acarició la cabeza. No sabía si él estaba más alto o si era que yo así, con su mano encima, me volvía más chica.

—Ahora lavate los dientes —dijo y me dejó sola en el baño.

Yo me miré en el espejo y sonreí: tenía los dientes manchados de barro. Me acordé de papá fumando sus puchos, del olor y la oscuridad en su boca, y pensé que ellos querían olvidarlo y que por ahí era lo mejor. Volví a abrir la canilla, metí el cepillo abajo del agua, puse un poco de pasta, mojé todo y empecé a cepillarme.

Volví a la cocina y quise hacer el último intento:

—Tu hermano está vivo.

La tía se dio vuelta y me miró furiosa. Sacó del bolsillito del jean el atado de puchos.

—Sucia. Te veo tragando tierra otra vez y te quemo la lengua con el encendedor.

Me asusté tanto que por un tiempo ni pisarla quería, así que trataba de no salir en patas nunca. Si me daban ganas de comer tierra, me mandaba la comida bien caliente, así como la tía la sacaba del fuego. No esperaba. Me llenaba la boca y sentía la piel del paladar hacerse ampollas. La lengua ardiendo me obligaba a tragar un vaso de agua tras otro. Me llenaba la panza y las ganas de tierra se iban. Al día siguiente, apenas comía, apenas podía hablar.

En la escuela, con el tiempo, nos dejaron de joder. No hubo más tierra adentro de mi mochila ensuciándome los cuadernos

acompañada de risas por lo bajo. Tampoco papeles de alfajores, esos que quería y no podía comprar, rellenos con tierra sobre mi banco. Solo algunas miradas cada tanto, y mucho silencio.

Y todo, sin la tierra, anduvo perfecto.

Hasta que la seño Ana no vino más.

LA BUSCARON, DIJERON, por atrás del cañaveral.

Yo no.

Yo miraba la esquina del patio de la escuela en donde ella se paraba a ver al Walter y a los otros pibes jugando al fútbol. Ella no quería que ningún pendejo se subiera al árbol que había al fondo porque podía caerse.

Yo esperé.

Y cuando la policía dejó de buscarla entre los yuyos y las casitas, al lado del arroyo, la busqué al borde del patio, en la tierra donde paraba sus botas lindas para vernos jugar.

Ya no sentía las ganas y no sabía si todavía podía ver, pero pasaba las manos por la tierra pensando en que ella no aparecía. No quería perderla. Pensaba en la seño Ana viva. En la seño Ana riéndose. Entonces cerré el puño tratando de que algo de ella se viniese adentro de mi mano, de mi boca.

Aunque dijeran que el guardapolvo blanco era lindo, para mí siempre fue una mierda. Se ensuciaba. Se me llenó de tierra cerca de los puños. El cuello y la parte de adelante quedaron un asco.

Volviendo a casa pensé en la tía fumando y en sus encendedores. Cuando llegué, me saqué el guardapolvo, lo hice un bollo y lo escondí entre las plantas. A la tía le dije que lo había perdido en la escuela, que me lo habían hecho sacar para la clase de gimnasia.

—Mirá, nena, yo me estoy cansando —contestó—. Vine a cuidarlos porque se murió tu vieja, porque mi hermano no está, pero ustedes no me hacen caso.

Siguió haciendo la comida en la cocina y yo ya no sabía si me hablaba a mí o hablaba para escucharse ella sola:

—No me gustan los chicos, no tuve.

Me fui para la mesa esperando que se le pasara y no la escuché más. Al rato llegó el Walter y se sentó conmigo. El Walter, cuando estaba cansado, se despatarraba con las piernas abiertas.

La tía vino de la cocina con una olla.

—Buscá los platos —le dijo al Walter—. Y vos, tres vasos y tres tenedores.

Cuando estábamos por levantarnos, la tía puso su mano en mi muñeca y dijo:

—Una vez más que no me den bola y se acabó, ¿entendieron?

—La que está sentada dibujando al lado de la ventana, que se pare —dijo el portero al otro día en la escuela. Lo habían mandado a buscarme. Yo ni le hablé. Sabía que se me iba a armar. Agarré el dibujo con las dos manos y caminé atrás suyo hasta la dirección. Todos me miraban.

Mi tía estaba ahí. No tenía idea de nada. Había ido a reclamar por el guardapolvo perdido.

—¿Qué te pasa? —le dije—. ¿Por qué me mirás así?

Esa fue la última vez que me acuerdo de ella mirándome porque, cuando vieron el dibujo, ella y la directora se olvidaron de mí.

Era la seño Ana, la cara así, como me la acordaba yo, pero no como cuando estaba en la escuela. Yo la había dibujado como la tierra me la mostró: desnuda, con las piernas abiertas y un poco dobladas para los costados, que hacían parecer su cuerpo más chico, como si fuera una ranita. Y las manos atrás, atadas contra uno de los postes del galpón donde unas letras pintadas decían «CORRALÓN PANDA».

—¿En qué mierda pensabas para comer tierra adelante de toda la escuela? —me dijo después mi tía en casa, antes de darme un sopapo.

Cuando al día siguiente encontraron el cuerpo de la seño Ana en el terreno del Corralón Panda, la tía se fue. Ni el Walter ni yo supimos nunca nada más de ella.

YA NO IBA a la escuela.

Éramos el Walter, sus amigos, que entraban y salían, y yo.

Me pasaba la mitad del día tirada entre la cama y el sillón que estaba cerca de la puerta. Mi hermano había pegado laburo en un taller de autos. A veces, cuando se iba a trabajar, yo estaba echada en el sillón. Cuando volvía yo seguía ahí, mirándome la punta del pie.

Pensaba: «¿Por qué, a mí, la tierra?».

El Walter nunca me decía nada. Al mediodía traía algo para que comiéramos juntos y volvía a arrancar para el taller. Estaba preocupado porque había dejado la escuela, pero más que preocuparse no podía hacer. La mitad de los chicos del barrio la habían dejado. Pero yo ni trabajaba ni me había quedado embarazada. No hacía nada más que estar tirada y pasar un poco la escoba por la casa como para evitar que algo, no sé qué, nos invadiera.

Los únicos que nos visitaban eran los amigos del Walter.

A los cinco meses de laburar, mi hermano se había comprado la Play y todos los findes eran un desfile: amigos, Play y pizza. Tele ya teníamos, pero nos habían bajado el cable. No volvimos a colgarnos, así que solo servía para los juegos.

Ellos tenían una sola preocupación: el fútbol. Cuando había partido los pibes se iban a lo de Hernán y yo me quedaba sola. Hernán era el único de los amigos de mi hermano que me daba bola. Me empezó a traer música, CDs truchos que metía en la misma Play. Yo le decía «hola» y «gracias», casi nada más, y él, un par de veces, me tiró:

«Con música nunca estás sola».

Me costaba dormir. De no hacer nada, me quedaba dormida varias veces durante el día y después, a la noche, ojos abiertos, revolverse, pensar.

Empecé a sacar birras de la heladera, destapaba, abría y tomaba. El destapador de mi viejo —lo único suyo que me había quedado— lo había guardado para mí, siempre en algún bolsillo. La cerveza era como el abrazo de una frazada que me tapaba toda, sobre todo la cabeza.

Al viejo solo lo veía en algún sueño. Me despertaba y no volvía a dormir, así que ponía la música que me dejaban hasta gastarla. Tenía una pila de doce CDs. La mitad decía «compilado» y traía en la tapa alguna mina en tanga. Yo me las quedaba mirando, pero mandaba a la Play alguno de los otros. Me gustaban más. Cuando la cerveza se acababa, la música seguía y yo me quedaba dormida.

El Walter no se daba cuenta porque yo con ellos no tomaba nunca. Pero una mañana me encontró durmiendo con dos botellas vacías volcadas al pie del sillón. Mi hermano no se enojó.

—Te estoy dejando sola —dijo, y se sentó conmigo.

Me dolía la cabeza nivel muerte.

Cuando me despertó, todavía sentía el mareo, que me obligó a medir cada paso hasta el baño, y las ganas de vomitar, que me estrangulaban el estómago.

Nos quedamos hablando un rato. Él me contó lo que había estado haciendo esa noche y yo sentí que no tenía casi nada que contar, pero me gustaba que el Walter estuviese ahí conmigo.

Yo no tenía una familia, lo tenía al Walter.

Estuvimos un par de horas en el sillón hasta que escuchamos unos aplausos. Alguien llamaba desde atrás de la reja del terreno. No se veía bien, así que salimos los dos. Hacía mucho tiempo que yo no andaba descalza por afuera. El frío de la tierra y la humedad en mis pies me hicieron mejor que cien lavadas de cara.

Cuando nos acercamos a ella, la mujer que había golpeado las manos habló:

—Vengo a pedir.

Nos miramos con mi hermano y a mí, como si esa voz fuese un trago más, de nuevo se me partió la cabeza. Ninguno de los dos activaba y ella no parecía tener ganas de irse. Era una mujer vestida con ropa elegante.

—Abrile —le dije al Walter, y mi hermano se me adelantó para abrir el candado.

—¿A pedir qué? —le pregunté a la mina cuando se metió.

—Ayuda. Vengo a pedirte ayuda a vos.

Entramos. La casa estaba hecha un asco. De tan oscura parecía la cueva de un bicho, pero la tipa como si no viera nada más que a

mí. Se sentó, sin hablar. Esperaba, como si estar ahí, sentada cerca de nosotros, fuese una parte importante de lo que había venido a hacer.

Cuando mi hermano se fue a la cocina para calentar la pava para el mate, me preguntó:

—¿Adivinás vos?

Lo dijo bajito, como si fuese un secreto.

—No.

—No me mientas. ¡¿Adivinás vos?!

«¡Qué vieja densa!», pensé. No me gustaba, pero su pregunta me obligó a pensarme a mí. Nunca me había parecido que lo que hacía fuera adivinar. Adivinar era algo raro, como creer que podía acertar el número de la quiniela. Nada que ver con cerrar los ojos y estar frente a un cuerpo desnudo sobre la tierra.

—No. Antes veía, pero ahora no.

—¿Trataste ahora?

Como justo volvió el Walter, no le contesté. ¿Cómo sabía de nosotros? Pero la tipa no cerró la boca. Decía que necesitaba que la ayudáramos, que había escuchado que vivía acá, en la casa, alguien que podía ver, que ella tenía plata y estaba dispuesta a pagar bien.

—No necesitamos plata —le contesté.

—Pero yo te necesito a vos.

Hernán entró empujando la puerta. No le habíamos vuelto a poner el candado a la reja y se mandó solo. Traía un CD nuevo. Me dio pánico que escuchara a la tipa decir lo de adivinar.

Me quedé paralizada y el Walter, como si a él le pasara lo mismo, la echó.

Antes de irse, la mujer se agachó, acomodó las dos botellas vacías que había tiradas al lado del sillón y dijo:

—Nena, si te tragás tanta porquería porque sí, ¿no comerías tierra porque alguien necesita?

Me dieron ganas de cagarla a patadas, pero no me moví. A Hernán no quise ni mirarlo. Mientras veía a la mujer cruzar el terreno para irse, tomé aire hasta el fondo, lo fui largando despacio, todo, y me quedé vacía. Cuando el Walter volvió a ponerle el candado a la reja, respiré.

Hernán había metido el CD en la Play. La música empezaba.

PARA MÍ QUE esperó a que el Walter se fuera, sola, calladita. Ni el menor movimiento. Una mujer que buscaba a su hijo volviéndose invisible como un gato cazando una paloma.

Yo la entendía, buscaba a alguien.

Empezaba a ver que los que buscan a una persona tienen algo, una marca cerca de los ojos, de la boca, la mezcla de dolor, de bronca, de fuerza, de espera, hecha cuerpo. Algo roto, en donde vive el que no vuelve.

Le abrí a la tipa, la hice pasar. Se sentó enfrente mío. Puso en la mesa una lata redonda y se quedó mirándome. Ni pestañeaba. ¿Qué sería? ¿Guita? ¿Chocolates? Me pareció que los chetos podían hacer eso, meter en una lata un montón de plata y chocolates y plantártela en la cara para que digas que sí, aunque no quieras.

No me gustaba la tipa esa.

Se puso a hablar. Dijo que para el marido, siempre, no era nada; que un chico puede retrasarse un poco, que puede desaparecer. Lo mismo antes, cuando Ian tenía dos años y todavía no caminaba, y lo mismo ahora, que tenía dieciséis y no había vuelto a casa.

Yo no quería escucharla, ni por todo el chocolate del mundo. Pero ella seguía: que la falta la iba a matar, que tenía un dolor en la carne más fuerte que cuando nació el pibe.

—Ian —dijo—, mi hijo. ¿Sabés? Él nunca le hizo nada malo a nadie. No podía.

Me dio miedo de que no se callara nunca y la corté.

—¿Qué hay en la lata?

—Tierra.

Yo no quería, pero la tipa abrió la lata y la dejó abierta, para que el recuerdo de la tierra se me hiciera agua en la boca. Brilló tierra oscura desde adentro y algo en mí le contestó sin palabras.

Yo no quería, pero mi cuerpo sí. La toqué como si fuera todo. Me la acerqué sin levantarla de la mesa.

—Date vuelta —dije—. No podés mirar.

Mucho no le gustó. Tardó un poco, pensó, pero se levantó y dio vuelta la silla. No trató de espiar.

Yo agarré tierra de la lata y me la fui metiendo en la boca.

La casa se me oscureció como si la hubiesen tapado con una tela negra. Tuve ganas de prender la luz para que no nos tragara la noche que la tierra había desplegado alrededor nuestro. Tan oscuro todo, tan un pozo profundo al que nunca llegaba la luz del sol, que bueno no podía ser. Cuando estaba a punto de parar, de abandonar por el miedo y abrir los ojos, empezó a irse la oscuridad, como si alguien estuviera prendiendo velas, una atrás de la otra, y los ojos se acostumbraran a ver.

Veía poco pero escuchaba fuerte y era la voz de ella. De la tipa. Decía, gritaba: *Ian*. Y después de gritar varias veces ese nombre apareció en la parte más clara, en el centro de la luz, un pibito de unos ocho años.

No era un cachorro pillo. Era un chico raro, que parecía perdido, y la luz que salía de su cuerpo era pobre, triste, enferma. La mina repetía «Ian», pero no esperaba respuesta.

Lo agarró fuerte de la mano y empezó a tironear de él. Traté de ver al chico pero no podía. Al lado de la mujer se me apareció un hombre que le hablaba a ella:

—¿Lo encontraste?

—Sí. No puedo dejarlo solo ni para hacer pis.

—¿Dónde estaba?

—En la parte de atrás del cumpleaños. Solo.

—¿Quién lo llevó?

—Lo llevé yo, pensé que podía esperarme cinco minutos.

Como un secreto, un secreto que ese hombre no quería tener, se quedaron callados. Lo miraban. Hasta que el hombre preguntó:

—¿Por qué lo dejaste solo?

—¡Porque no puedo meterlo en el baño conmigo! Tiene once años.

—Pero no sirven. Sus años no sirven —dijo el hombre y los dos se quedaron callados de nuevo, como si la luz triste que salía de Ian también volviese débiles sus cuerpos.

Después el hombre se enojó, volvió algo de su fuerza:

—No me des excusas. ¿No te importa a vos?

El chico estaba entre los dos. Se fue moviendo para el costado. No parecía escucharlos siquiera, miraba para arriba, para adelante. Traté de ver lo que miraba pero no llegué a encontrar nada.

Hablaban entre ellos como si el pibito no estuviese ahí. Yo traté de verlo mejor, pero se me fue perdiendo. Y las voces, cada vez más bajas. Me cansé tratando de escucharlas, de ver lo que la tierra no quería mostrarme.

Abrí los ojos.

Mi casa estaba todavía más oscura que la noche que rodeaba al chico perdido.

—No funciona —le dije a la tipa—. A su pibe casi no lo veo. Está usted, doña. Discute con un tipo que pregunta todo el tiempo por qué lo deja solo a Ian.

La tipa pareció entristecerse todavía más. Dijo, como recuperándose de un golpe:

—Es el padre.

—Bueno, los veo a ustedes, doña. Y el pibe se me escapa.

La mujer agachó la cabeza y lloró en silencio. Después abrió la cartera y yo pensé que iba a buscar algo para secarse, pero sacó un fajo de billetes y una pila de fotos. Apoyó las fotos sobre los billetes, que eran un montón, y los empujó hacia mí. Era el mocoso. Vi las primeras fotos, donde estaba más grande, con la misma cara de perdido.

—No funciona así, doña.

—Está bien —dijo ella, levantando la cabeza—. ¿Y cómo lo hacemos funcionar?

HERNÁN SE REÍA en la moto.

—No es tan lejos —dijo—. ¿Cómo no viniste nunca?

No le contesté. Yo ya no salía ni al almacén.

—Estamos cerca, ya llegamos a la ruta.

Eso lo sabía. Ruta 8. También sabía de esas ferias que habían abierto hacía un par de años, pero ir, no había ido nunca.

—¿Vamos a la Mega o a Fericrazy?

Me reí.

—Qué sé yo. A la que te guste más a vos.

«Mega» decía en un cartel enorme que daba a la ruta, y llegaba a verse un estacionamiento al palo de motos, autos, personas. La ruta estaba hecha mierda. Nos la pasamos esquivando agua, barro, basura.

—Vamos a esa —le dije, señalando la zona en donde paraban los colectivos y se veían bajar familias sonrientes.

Estacionó la motito lo más cerca de la entrada que pudo y nos bajamos. Hernán quería decirme algo, pero había tanto ruido que no lo escuchaba.

—Adentro —le dije, y empezamos a caminar.

Un galpón enorme. El suelo era de cemento. No había plantas de verdad, solo unas horribles de plástico. Tuve la impresión de que nunca había estado tan alejada de la tierra. No me gustó.

Abrí la mochila y, como si fuera un juego, se la mostré a Hernán, solo un segundo. Abrió los ojos enormes:

—¿De dónde tenés tanta plata vos?

—Tengo y ya. ¿Qué te importa? —le dije con una sonrisa.

—¿No habrás salido a meter caño, nenita?

Los dos nos cagamos de la risa.

—Vamos a hacerla volar —le dije, mientras levantaba unos billetes de 500 y los agitaba en el aire. Hernán se rio.

—De una —dijo, y me guiñó un ojo.

Caminamos. Había cuatro filas de puestos, uno al lado del otro. Los pasillos entre las filas estaban llenos de gente. Todos parecían contentos. En una de las esquinas vendían golosinas como si fuera la plaza: garrapiñada, pochoclo, maní con chocolate. Agarré un algodón de azúcar e intenté pagar con un billete de 500. «No tengo cambio», me dijo la mujer que atendía. Hernán sacó un billete de veinte y se lo dio. Yo me guardé el mío.

—Me vas a salir cara, nenita —dijo, y me agarró de la mano.

Me pareció raro, pero me gustó.

Me llevó hasta un puesto de cerveza en donde el flaco que atendía vaciaba las botellas en un vaso descartable. Cada vaso era un litro para las manos que lo esperaban. «Dos», pedí yo y pagué.

Guardé el vuelto y seguimos avanzando. Tenía un algodón de azúcar en una mano y un litro de birra en la otra. Nos paramos en un puesto enorme. Una al lado de la otra colgaban tiras de películas desde los lados y en el frente. Había cajas llenas de CDs y DVDs y mucha gente mirando las cajas. Los sobres de las películas estaban organizados en Nacionales, Estrenos, Comedia, XXX, Terror.

—Siempre te llevo de estos —dijo Hernán, mientras me mostraba dos cajas. Le dio un trago larguísimo a su descartable. La primera era «compilados» y había una mina en tanga roja con el gorro de Papá Noel. La otra solo decía «latinos». Empecé a buscar en esa. Daba vuelta los sobres para leer los temas. Separé tres. Hernán me los pidió para ver también la lista de canciones. Nos miramos, nos reímos.

—Tenés la boca llena de pegote rosa —dijo y yo sentí la birra en mi cabeza. Me chupé los dedos para que no se quejara también de mis manos pegoteadas.

—A ver —dijo y se acercó. Me dio un beso largo y sentí una mezcla azucarada de labios, cerveza y su lengua suave que me encantó. Quería seguir, pero Hernán se despegó.

—Mejor miremos los CDs, que tu hermano me va a matar.

Nos reímos. Al Walter, ¿qué mierda tenía que importarle?

Terminamos eligiendo cinco CDs y Hernán agregó una película de terror. Me dijo que más tarde, si no había nadie, la íbamos a mirar en la Play. Yo le contesté que mejor comiéramos algo.

Pagamos, nos dieron todo en una bolsita, que metí en la mochila, y nos fuimos para los puestos del fondo. Hernán se tomó toda la birra. Como la mía todavía estaba por la mitad, se la pasé.

Pedimos dos Patys con queso y papas fritas. No tuvimos que esperar mucho. Comimos con los dedos, sentados en una mesa para dos. Como no vendían cerveza ahí, solo gaseosas, no compramos nada para tomar. Nos arreglamos con lo que quedaba en mi vaso.

—Las papas están re ricas —dijo Hernán los dos segundos que tuvo la boca libre—. ¿Vamos a tu casa?

Le contesté que sí con la cabeza. ¿Adónde íbamos a ir, si no? Pero pensé en mi hermano. Ni siquiera le había avisado que me iba con Hernán.

—Antes comprémosle un regalo al Walter —le dije y él enseguida se copó.

No sé si el olor de las hamburguesas venía de las nuestras o era el aire que estaba lleno de humo. El galpón enorme que era la Mega no tenía ninguna ventana y se salía por el mismo lugar por el que habíamos entrado. El humo de la comida moría contra nuestros cuerpos y contra la ropa que colgaba de los percheros de los puestos. Si le llevábamos algo al Walter, nos llevaríamos también parte de todo eso. Ese pensamiento me gustó.

—**De dónde sacaste** la plata —preguntó mi hermano sin poder evitar una sonrisa enorme.

—Pero ¿te gusta?

Él levantó la campera y la miró como si fuera un fantasma y yo recordé a Hernán probándosela para calcular el talle y me dio risa. No íbamos a poder ver la peli. Tendría que ser otro día.

—Estoy trabajando, Walter. Agarré viaje. —Como mi hermano se quedó callado, seguí—: Estoy ayudando a la doña del otro día. Ya me pagó.

Por un rato llegué a pensar que el Walter no me había escuchado: no hablaba, no se movía, no me miraba, no se enojaba. Nada. Después sí, levantó la cabeza para mirarme:

—¿Estás segura, hermanita? Si lo hacés solo por la plata, no da.

—No va a pasar nada —le contesté sin pensarlo—. Estoy segura.

Mi hermano se acercó y me dio un beso. Después me dijo que la campera era lo más, que dónde la había comprado. Yo me reí.

—Es una sorpresa, Walter.

Él se la llevó a su pieza diciendo que esa no era una campera para hoy, que era especial y que por eso la iba a guardar.

LA MISMA LATA en la mesa y la tipa, seria, me dijo que esa vez había traído la tierra que iba.

—¿Y yo cómo sé? —No tenía ganas de comer tierra todos los días.

Di vueltas. Demoraba. Fui a la cocina a poner la pava aunque sabía que hasta después no iba a tomar mate. Me hubiera gustado poder decir que ese día no.

—¿Quiere un mate?

La mujer contestó que no con la cabeza y yo, con fastidio, fui a la cocina a apagar la hornalla.

Volví. No la miraba.

—Me duele la panza.

—Ayer no vine —dijo la tipa y me dio un poco de lástima.

—¿Sabe algo nuevo de Ian?

—La policía ya no lo busca.

Ahora sí la miré. Tenía unas ojeras terribles, el cuello y la papada flojos, que ya empezaban a arrugarse. Pero sus brazos eran fuertes. Estaba sentada derecha, firme, esperando que me acercara a su lata. Sabía que esa mujer no iba a dejar hasta que lo encontrara. Me empezaba a gustar un poco.

El Walter salió de su pieza, la vio sentada y se fue en silencio. Ni saludó. Me dio bronca que se fuera así.

A veces pensaba que, si mi hermano no apareciera más, yo habría sido capaz de tragarme toda la tierra de la casa, de romperla, de hacerla temblar.

—Deme —le dije y empujó la lata hacia mí.

«Espero que lo haya hecho bien», pensé, pero no lo dije. Boluda no era.

Mientras tragaba una parte de la tierra que había traído la mujer, en vez de pensar en el mocoso me puse a pensar en el beso de Hernán, en el algodón de azúcar, en las birras del día anterior.

Cerré los ojos y entonces lo vi.

Fue como si volviera a una noche vieja. Una noche que se había ido gastando y que ya no existía y que se podía ver desde ahí, en ese momento, en mi cabeza.

También el chico daba la impresión de haberse ido gastando. Parecía drogado. El hombre lo empujó. Ian no lloraba, era su cara de siempre, pero estaba asustado. El hombre, vestido con un guardapolvo verde, miraba a Ian. Ya conocía a ese hombre. No me gustaba. Miraba al mocoso como si lo estuviese midiendo. Ian casi no se sostenía. Se le cerraban los ojos y la cabeza se le iba para los costados. Se sacudió, tratando de abrir los ojos de nuevo y de hacer pie. Parecía que el aire se le hubiese convertido en algo extraño.

Ian se cayó. Su cuerpo, ahora, estaba en el suelo. El hombre se sentó al lado pero dándole la espalda y el chico, que se golpeó la cabeza al caer, sangraba.

Ese hombre era su padre. Antes lo miraba fijo, pero ahora que el cuerpo del chico estaba vencido, en el piso, hacía como si no estuviera. Sacó un encendedor del bolsillo del guardapolvo y se puso a fumar. Miró el cigarrillo y después fijó la vista adelante, más allá del humo, adonde yo no llegaba a ver. Fumó un rato, tranquilo.

Después se levantó.

Caminó hacia un auto. Traté de ver la patente pero no pude. Abrió la puerta de atrás y sacó unas bolsas negras. Buscó unos minutos algo más, pero al parecer no lo encontró y abandonó. Volvió hacia donde estaba Ian, lo alzó y con las bolsas y el cuerpo del chico en brazos empezó a alejarse. Se metió entre unos yuyos muy altos. Traté de seguirlos pero ya no pude. No los vi más y me costaba moverme. Por más que tratara, no podía avanzar. Me fui quedando paralizada. Me sentía una estatua. Clavada en esa mierda. Miré para abajo buscando tierra pero solo encontré basura que se comía mis zapatillas. Miré hacia adelante, tratando de ver al hombre que se estaba robando el cuerpo de su hijo. Pero la basura se volvía montañas. Se me metía el olor por la nariz como si fuesen avispas furiosas que buscaban la salida en mi cabeza y me hacían doler.

Abrí los ojos. Todavía ese olor me lastimaba. Era como el de los perros atropellados al costado de la ruta.

Miré a la mujer, sus brazos fuertes aferrando su cartera.

Estaba esperando que hablara. Yo, que el olor me dejara tranquila.

No sabía si a ella iba a gustarle lo que tenía que decir.

HERNÁN LLEGÓ CUANDO todavía me estaba lavando la cara. Yo, que nunca lloraba, volví a meter las manos abajo del agua fría. Los ojos me ardían, las manos me quemaban, pero lo peor era la tierra de Ian adentro de mi cuerpo. Todavía quería hablar.

Hernán puso música, *Cri cri minal*, repetía todo el tiempo la canción, y no sé por qué eso también me dio ganas de llorar. Me sequé con la toalla y me miré en el espejo. Antes no lloraba nunca. Traté de no cerrar los ojos para no ver lo que la tierra todavía quería mostrarme. Las lágrimas me lloraban solas. Pensé en la tipa, en que ojalá no volviera. Me había pedido que viera y después no se lo pudo bancar.

Tú me robaste el corazón como un criminal, decía la canción y no quería escucharla. Se me agitaba la tierra en el estómago. Ese hijo mocho clavado en mi panza como se clava un hijo en el centro de su mamá.

Tenía que sacármelo. Abrí las canillas al máximo para que el ruido del agua se lo empezara a llevar.

Me acerqué al inodoro, me metí los dedos en la garganta hasta que llegó una arcada. Empujé más. Dolía. Vomité.

Olvidaba porque podía. Nunca sería una madre. No quería.

Volví a las canillas, sin mirarme. Metí bajo el agua primero manos, después brazos, después los saqué y metí la cara, los ojos ardidos, que en el frío del agua pude cerrar. El agua me los curaba. Me calmé. Saqué la cabeza, cerré las canillas, busqué una toalla y despacio, como si acariciara un cuerpo quemado, empecé a secarme. Salí.

Con cara de haber visto un fantasma, Hernán me preguntó qué me pasaba.

—Nada —le respondí—, dormí como el orto.

Se quedó callado. Aunque seguramente no me había creído, no dijo nada más.

Cri cri minal iba terminando y yo pensé que ese día no quería escuchar música. Me daba pena por Hernán, pero no podía. Fui hasta la Play y la apagué.

—Si querés, me voy —dijo él con los ojos bien abiertos.

No me hice cargo. Busqué en la pila que mi hermano tenía al costado de la Play, elegí un sobre y lo levanté.

—Hoy mejor enseñame a jugar a los jueguitos.

Cuando en la pantalla apareció *Round 1 Fight*, empecé.

Hernán insistía en que si me reía no podía pelear y yo trataba de no reírme porque quería ganarle. Al principio trataba de apretar todos los botones lo más rápido posible. Pero, en vez de cubrirme, mi personaje saltaba hacia atrás y Hernán se cagaba de la risa.

—Fijate en la lista de movimientos —me dijo.

Yo no tenía idea.

—¿Qué lista de movimientos?

—Terminá este round y te muestro.

Luchaba contra Shiva. Su cuerpo era oscuro y tenía seis brazos musculosos con los que me podía hacer mierda. Su corpiño, como el de todos los personajes femeninos del *Mortal Kombat*, hacía que casi se le vieran las tetas. En el juego yo había elegido Sub-Zero, que era un varón. Me gustaba no tener que preocuparme por tener un par de tetas enormes aunque fuese en los videojuegos. Yo soy flaquita.

—Pasame —me dijo Hernán después de que yo le ganara a Shiva—. Mirá.

Apretó un botón y en la pantalla del televisor aparecieron los movimientos especiales. Adelante - adelante - puño. Adelante - abajo - patada. Combinaciones así. Y abajo de todo, las fatalities.

Volví al combate. Me tocó luchar contra Raiden. Alcancé a darle un par de patadas y el tipo enseguida me hizo llover. Intenté los movimientos especiales. Me hacían feliz los cinco segundos que tardaba Sub-Zero en llenar sus manos de hielo antes de tirarle todo el frío al otro y dejarlo congelado. Y aproveché para pegarle de cerca a Raiden y hacer que su cuerpo saliera despedido para estrellarse contra el suelo.

Raiden se levantó para contraatacar y yo apreté *start*.

—Si lo estás frenando todo el tiempo, no vale —me dijo Hernán y yo le recordé que fue él quien me había insistido con que aprendiera a usar la lista de movimientos.

—Pero yo todavía no le saqué la onda ni a la mitad —le respondí, mientras volvía a apretar *start* y el juego se frenaba.

—Qué tramposa, nenita —dijo él y nos reímos.

—Esta es la última, ya estoy —prometí, aunque fuese mentira.

—Ya veo —dijo Hernán y se rio—. Tenés tantas ganas de ganar, que no aprendés a jugar.

Me hice la enojada por no decirle que tenía razón. Pero seguí en la lista de movimientos. Practiqué uno con el joystick y me pareció que me salía. Ya estaba lista y apreté *start*. Me acerqué a Raiden y volví a intentar el combo y ahora sí funcionó. La golpiza le comió un montón de energía y en la pantalla apareció *FINISH HIM!* Raiden se tambaleaba en el medio de la escena y pude terminar de matarlo.

Cuando mamá murió hubo un tiempo en que pensaba que la tía y el Walter también podían morirse. La tía tanto no me importaba, pero pensar en mi hermano muerto me hacía mierda. Me encerraba durante horas a llorar. Después empecé a pensar que yo también podía morirme y trataba de ver cómo sería, pero no podía. Como no podía imaginarme a mí misma muriendo, me imaginaba a una perra que arrastraba una de sus patas. Un tumor en la columna la iba enfermando, y yo trataba de ver al animal marchando con su pata caída por la ruta, por el barrio, por la puerta de mi casa, de ver esa pata que se le lastimaba cada vez más contra el suelo. El tumor crecía como le crecen las tetas a las pibas. La perra, cada vez más flaca, ya ni siquiera tenía ganas de comer

ni de moverse. Yo me la imaginaba agonizando apoyada en la reja de nuestro terreno y en su carne me veía morir.

Raiden estaba muerto y yo saltando como loca. Hernán también. Nos abrazamos. Cuando estaba a punto de darme un beso en la boca, entró el Walter.

Hᴀᴄíᴀ ᴅᴏs sᴇᴍᴀɴᴀs que jugaba a la Play. Al principio me costaba elegir entre música y juegos. Después estuvo claro: juego de día y música cuando me iba a dormir.

Era domingo, el Walter no trabajaba. Yo estaba contenta porque era la primera vez que me iban a dejar jugar con todos. Repasaba mentalmente las listas de movimientos. Los de Sub-Zero, Sonya y Raiden me los acordaba bien. Los de los demás, apenas.

El que entraba pasaba primero por la heladera y dejaba un par de birras. Así era la cosa para cada uno que llegaba. Después se metía en la pieza y buscaba un lugar. Ya no cabía un alma. Sentados en la cama, en el piso, en una banqueta que tenía mi hermano, parados tomando una cerveza, la pieza estaba a tope.

—Al que me apoye el culo en la almohada, lo mato —decía el Walter.

Hernán todavía no había llegado. Al principio traté de hacer como que no pasaba nada, pero quería que llegara ya. ¿Dos semanas practicando juntos y justo ese día se le ocurriría faltar?

Pero Hernán llegó. Saludó a todos y mostró algo que traía en las manos.

—Estaba en la entrada —dijo—. Pesa un montón.

—Debe ser el diario de la Iglesia Universal —le contestó mi hermano, que estaba sentado en el piso, cerca de la puerta.

Hernán se acercó a la cama. Tenía que esquivar a varios para llegar hasta mí.

—Fijate —dijo y me lo dio.

Todos me miraron y yo, en el medio de todos esos chabones, agarré el paquete haciendo de cuenta que no tenía importancia.

—¿Qué onda? —me preguntó el Walter.

No le contesté. Me levanté de la cama y, esquivando las piernas de los que estaban en el piso, salí de la pieza. Hernán se sentó en mi lugar.

No había pieza en la que no hubiera un amigo, así que me metí en el baño. Mi hermano entró detrás mío y me miró. Levanté el paquete para que viera lo gordo que era. El Walter me dijo que lo abriera, después cerró la puerta y apoyó el cuerpo para que nadie pudiera meterse.

Yo tenía el paquete entre las manos. Se notaba que le habían puesto un peso debajo y que lo habían atado con cuidado para que no se desarmara. Corté el hilo con los dientes; no pude evitar verme en el espejo, mostrando los dientes y mordiendo. No me gustó. Cerré la boca. Traté de emprolijarme el pelo, de parecerme un poco a mí. Saqué el hilo y volví a mirarme.

Abrí el sobre, que tenía un diario adentro. Lo revisé hasta dar con una página que decía «GRACIAS» escrito en fibrón rojo y, señalada con el mismo color, una noticia: «El veterinario prófugo

es el único imputado por la muerte del joven especial». Era el hombre que había visto. No tenía su guardapolvo verde. Era mucho más joven en la foto del diario, como si se la hubieran sacado antes de ser padre de Ian.

Adentro del diario había un montón de billetes. Como no quería contarlos, mi hermano se acercó y los agarró.

Yo me quedé viendo la foto del hombre. Sabía que debía estar su nombre en el diario, pero no quise conocerlo. Me acerqué a la foto, busqué algo en sus ojos, pero no eran más que eso: dos ojos que no decían nada. ¿Alguien se acordaría de cómo era ese hombre antes de ser padre? Después de ser padre, yo ya lo había visto.

El Walter contó lentamente los billetes. Cuando terminó, dijo:

—Ufff… es una banda. Da hasta para la Play 4. —Pero ni él ni yo nos reímos.

En el diario también había una foto de Ian en blanco y negro. Tampoco sonreía y estaba mirando para arriba. Pensé que si hubiera podido estar ahí con él y seguir su vista, el pibe no habría estado mirando nada o, al menos, nada que yo pudiera ver. Debajo de la foto decía: «El cuerpo fue encontrado en…», pero no quise seguir leyendo.

Cerré el diario y se lo di al Walter.

UNOS DÍAS DESPUÉS nos quedamos sin teléfono.

No lo extrañamos. A veces pensaba que ya no extrañábamos nada, que nos acomodábamos a cualquier cosa mientras estuviéramos cerca mi hermano y yo.

No lo extrañamos porque casi no llamábamos a nadie ni nadie nos llamaba a nosotros. Los amigos entraban a casa; los demás ni se nos acercaban. La semana siguiente a recibir el paquete el teléfono había sonado varias veces y, cuando alguno de nosotros atendía, contestaban:

—Vas a cagar, pendeja.

Así que mi hermano se cansó, cortó el cable con un cuchillo y listo, fin del teléfono.

Los primeros días el Walter faltó al taller y se quedó conmigo. Peor.

Mi hermano desconfiaba de los celulares, de la puerta de entrada, de los autos que pasaban y hasta de los pocos fantasmas que se acercaban por mi cuadra. Cerraba todo. La casa y nosotros, el día entero a oscuras.

Yo quería que viniera Hernán y, cuando llegaba, el Walter no se movía, no nos dejaba hablar una palabra sin escucharla también. Así que Hernán se tragaba un montón de cosas y terminaba buscando una excusa para irse.

Una tarde el aire se cortaba con cuchillo. Abrí la puerta, me senté en el piso, sin salir. El Walter no me dijo nada.

Empecé a llorar mientras afuera comenzaba una tormenta. Mi hermano se sentó al lado mío. No me acordaba de cuándo había sido la última vez que habíamos visto llover, si era que alguna vez lo habíamos visto juntos. Miraba el cielo, después las gotas golpeando contra nuestra tierra. La lluvia parecía llevárselo todo.

El día siguiente fue viernes y a la noche se llenó de pibes.

Hernán cayó temprano, estaba nervioso, creo que tampoco él se aguantaba más a mi hermano y darme cuenta de eso me hacía mal. Yo quería que ellos siguieran siendo amigos.

A medida que iban llegando los pibes, mi hermano volvió a ser el de siempre.

Y por unas horas nos olvidamos del mundo.

Jugamos como cuando éramos unos pendejos, sin preocuparnos por nada, solo por ganar.

Hasta que cerca de la una llegó un pibe. Dijo que había un auto parado en la puerta. Pensé que el Walter iba a decir que no saliéramos, que teníamos que seguir acá, encerrados, pero mi hermano y Hernán quisieron ir a ver enseguida, como si ya se hubieran puesto de acuerdo antes. Los demás dejamos la Play, salimos de la pieza y los seguimos hasta la puerta. No pasaron ni

dos minutos y se empezaron a escuchar gritos. No se veía nada y terminamos saliendo todos afuera de la casa.

—Vos no —me gritó mi hermano cuando me acerqué como para que me viera—. Volvé adentro.

Y yo, que hasta entonces solo tenía ojos para verlos a él y a Hernán, giré la cabeza y miré hacia el auto. Lo vi. Era de noche y ya no tenía puesto el guardapolvo verde, pero era él. Los ojos. Si su hijo no podía enfocar y mantenerlos fijos en algo ni treinta segundos, el tipo podía clavarlos en tu cuerpo. El miedo me envolvió y me dejó ahí, paralizada en el terreno de mi casa. Traté de meterme pero no pude.

¿Cómo lo miraba yo a él? Pensé en la visión, me pregunté si yo lo había visto con esos ojos con los que lo estaba mirando o si había sido con alguna otra parte del cuerpo.

Encendió el motor sin dejar de mirarme y sacó un arma. Tiempo no hubo. Solo saber que no quería verlo matarme. Me di vuelta y escuché primero los disparos, después el arranque del auto y mi respiración, mi corazón furioso, mi cuerpo que empezaba a responder.

Una de las balas pegó en el tanque de agua y empezó a caer agua desde el techo. Mi hermano me tocó. Seguía oscuro así que veíamos poco y yo también necesité abrazarlo. Despacio, como si nos fuésemos descongelando, comenzamos a movernos.

Giré para la calle. El auto ya no estaba pero yo quería ver.

No sé si porque había apuntado mal o porque no había querido matarnos, pero no nos había dado.

El Walter me decía que ya estaba, que el tipo se había ido, que como él se acordaba bien del auto iba a ir a la policía, que no saliera, que volviera a jugar, a escuchar música, que él se iba a encargar de todo. Hernán no hizo como mi hermano. Estaba callado y no se me acercaba.

El Walter me llevó del brazo hasta adentro de la casa, pero antes los dos vimos un enorme agujero de bala arriba de la puerta. Nadie dijo nada.

Me dormí cuando salía el sol. No lo escuché irse a mi hermano, pero ya habíamos quedado en que, aunque no nos gustase un carajo, él iría a la policía a hacer la denuncia. Dormí como desmayada y me levanté tarde, con la sensación de que me había atropellado un tren. Estábamos sin agua y mi hermano hablaba con unos amigos para que fueran a acompañarlo al corralón a comprar un tanque nuevo. Todos le decían que sí, que lo ayudarían a comprarlo, a traerlo, que no se preocupara. Pero cuando el Walter pidió que alguno se quedara conmigo porque no quería dejarme sola, nadie respondió. Entonces mi hermano sacó una pila de billetes del bolsillo y se la dio y ellos repitieron que se encargarían, que para eso estaban los amigos, que irían y volverían rápido y que enseguida lo ayudarían a cambiar el tanque.

Después de que se fueron, el Walter me miró y dijo:

—Estamos nosotros dos de nuevo, hermanita. Solos. No puedo echarle la culpa a ninguno.

No dije nada. Ya no esperaba nada tampoco.

Si ellos no tenían la culpa, ¿quién? ¿Mi cuerpo? No podía solucionar lo que mi cuerpo veía.

Fui al baño, hice pis, me lavé la cara tratando de no mirarme en el espejo.

Cuando salí, éramos de nuevo el Walter y yo. Mi hermano fue a calentar la pava. Se esforzaba en poner onda. Aunque no hablamos, me pareció que tenía razón, que la culpa de que nos quedáramos solos venía con el problema de ver.

Hernán se había ido a la mañana. Ni siquiera se había llevado su joystick. Ni un beso, ni chau, nada. Mientras fumaba uno mirando hacia la calle, supe que ya no podía esperar que su música volviera a entrar por esa puerta.

Segunda parte

Segunda parte

EL SOL SECABA lo que la lluvia del día anterior había hecho charcos y barro, para que volvieran a borrarse los pasos de los que ya no estaban: mamá, el viejo, la tía, Hernán, todos yéndose en fila como esas hormigas que ni que las quemes dejaban de hacer sus casas abajo de la tierra, donde no había verde ni llegaba la luz del sol y la carne de la Florensia se hacía huesos.

El pasto andaba invadido de yuyos. El laurel, desbordado, crecía por donde le daba la gana. Tenía mil hijos que, a medida que les pegaba el sol, echaban cuerpo y doblaban el alambre de mi terreno como si fuera cartón.

Una planta de no sabía qué se había pegado a la chapa del costado, pudriéndola hasta hacerse mancha en la pared de la casa. La pasionaria arriba, como en los terrenos que rodeaban la vía muerta. Cuando abría su flor se llenaba de abejas que iban hipnotizadas a la cruz del medio, a los pelos pegajosos, a su humedad.

«Si el pelo me sigue creciendo —pensé—, voy a ser yo también planta salvaje de pierna fuerte, hija del laurel».

Nadie, del todo, me había arrancado a tiempo y ahora estaba sentada en el escalón de la entrada, abrazada a mis piernas.

Desde el otro lado de la reja alguien tiró un papel, que seguí con los ojos. No se animó a golpear las manos o a llamar, tuvo miedo hasta de decir mi nombre. El viento arrastró el papel sobre los pastos crecidos. «DIOS TE AMA», leí y quise que se lo llevara lejos, hasta más allá del alambre, el último lugar adonde llegaba descalza. Ya no había voces que me dijeran: «Las patas, che, ensucian».

«Tenés barro entre los dedos y los dientes», me había dicho la madre de la Florensia, mi compañera de escuela, cuando no la dejó que nos juntáramos más.

Había otros que no se animaban ni a pisar. Dejaban la tierra de sus muertos en una botella. También una tarjeta y, atado al cuello de vidrio, un nombre. Yo levantaba las botellas para acomodarlas entre las plantas del terreno. El sol las hacía brillar. Cuando llovía mucho, el agua se les metía y desbordaba, mezclando su tierra y la mía.

Cada botella era un poco de tierra que podía hablar.

Marta, la madre de la Florensia, sí entró. Había pasado un montón de tiempo desde la última vez que la vi. Entró de una, como si mi rancho fuera su casa. Quiso pagarme, dijo, «la consulta».

—Nada, Marta. ¿Cómo te voy a cobrar?

Mientras entrábamos en casa, no le dije lo que la había extrañado a su hija cuando ella, que se la daba de gran cosa porque iba al templo los domingos, con la Florensia rubia y prometedora como una avispa colorada, no la dejó venir más.

Es que le había visto los ojos. La Marta había llorado, andaba puras ojeras.

Y entramos, para sentarnos y que acomodara su culo gordo en el sillón de la salita de atender, para que probara yo desde sus manos esa tierra que había traído hasta ahí y para que me dijera ella, siempre metida, siempre apurada:

—¿Qué ves? ¿Qué ves?

Pasó un auto y se escuchó, al palo, «Corazón de seda, que no lo tiene cualquiera», y yo pensé en la ropa de la Florensia menos rota que su piel, en la Florensia abajo, como estaban las raíces de las plantas de mi terreno y las hormigas tercas recorriendo sus túneles.

Me enojé ese día con la Marta, no se callaba nunca esa mujer. Se creía la más de todas porque en el barrio los únicos rubios eran el pelo de la Florensia y en el templo, de yeso, el Jesús bebé.

—¿Qué ves? ¿Qué ves?

Tuve que tomar fuerza para abrir la boca y decir:

—Quedate tranquila, Marta, veo mucha luz.

Nunca había llorado con los ojos cerrados. Yo veía a la Florensia agusanada como un corazón enfermo, el pelo, una tela de araña vieja desprendiéndose del cráneo.

—Quedate tranquila, Marta, ver me duele en los ojos. Ella está bien. Si el pelo todo junto de la Florensia parece que atrapa el sol.

Marta volvió a respirar, tanto que pareció que el pecho se le hacía más grande que el culo.

—Pero, nena, abrí los ojos. ¿Por qué llorás? —dijo mientras me agarraba fuerte las dos manos. Las sentí calientes pero no, no abrí los ojos. Yo pensaba: «¿Tendrá frío la Florensia en la tierra, tan diferente de nadar, de hacerse hace tantos años en la panza caliente de esta mujer?».

La madre de la Florensia no me soltaba. Esa vez la tierra no le dio asco. La mugre en mis uñas ni la vio.

—Nena, seguro cuando vuelva ella te viene a ver.

—Andá tranquila, Marta. Ya ni que cuidarla tenés. La Florensia siempre fue hermosa. Dios la ama.

Descalza, la acompañé hasta la reja para despedirla, y descalza me quedé haciendo tiempo y mirando las botellas escondidas entre las plantas. Algunas estaban hacía mucho y se iban como enterrando, clavadas, con el agua y el tiempo que dañaban letras, nombres, números de teléfono, que borraban todo menos el dolor del que las había traído hasta ahí y sus ganas —todas idas menos una— de saber dónde está.

La casa no sé. La tierra, abajo de todo eso, era mía.

ESA NOCHE SOÑÉ con la seño Ana. No sé si fue la primera vez que soñé con ella o si me había olvidado de los otros sueños, pero de ella, nunca.

Aunque los años hubieran pasado y yo crecido un montón, esa noche la vi mucho más alta que yo, como siempre. Me preguntaba desde arriba por las otras pibas de mi grado. Yo le decía que me había cruzado con alguna en el almacén o le contaba algo que me había dicho el Walter, porque yo ya no las veía. Comíamos girasol tostado y la seño me iba preguntando una a una por todas, menos por la Florensia. Ella sabía. Yo le contaba que había visto a Candela preñada o que la Sofi se había mudado a la vuelta de casa con un flaquito que trabajaba en moto.

—Mi hermano dice que van a tener un bebé —dije y la seño hizo un silencio enorme.

Después me pasó más pipas y yo me las puse en la boca y escupí las cáscaras. A ella eso no le gustó. Antes tampoco le gustaba: decía que con las cáscaras de girasol hacíamos cualquier mugre.

—Yo quería —dijo después la seño Ana.

—¿Verlas? —le pregunté.

Ella se quedó mirando adelante. Tomó aire hasta el fondo y largó:

—Yo quería también quedar embarazada alguna vez. Tener una nena. Una piba así, como ustedes.

Me miró. Le esquivé los ojos.

—Yo ni loca. Desaparecen —dije y me llené rápido la boca de pipas.

La seño Ana se quedó mirándome. Me pareció que con la bolsa de pipas algo en ella también se iba acabando.

Después no hablamos más.

Me desperté con ganas de tomar una cerveza.

EL CHISTE ERA fácil, pero ni siquiera esos chistes podía entender.

El Walter decía:

—Tengo cincuenta piojos. Me voy a pasar kerosene.

Y yo me quedaba pensando cómo sabría mi hermano que los bichos que había en su cabeza eran cincuenta.

Después, riéndose con los amigos, lo decían de las birras, y yo contaba las que iban trayendo. Podían ser cinco, doce o cerca de veinte, pero nunca cincuenta cervezas. En un momento caí, no eran «cincuenta» sino «sin cuenta», pero entender tampoco me causó gracia.

Me acordé de ese chiste que hacían mi hermano y sus amigos cuando, al abrir la reja de afuera, vi que alguien había metido una botella nueva en mi terreno. Llevaba colgada del brazo una bolsa con pan, dos latas de cerveza y las salchichas que le gustaban al Walter. Volvía apurada del almacén porque quería prepararlas antes de que él llegara del taller.

Mientras cerraba el candado de la reja, pensé en las cero ganas que tenía de encontrar una botella nueva y también en que no podía dejarla ahí para que la vieran los pocos vecinos que todavía

no sabían de mí o se imaginaran, como yo, la mano colándose por la reja, la cara de desesperación que me la había traído. Igual, por más que levantara la botella, ese día no quería comer tierra y punto. Iban siendo, desde hacía tiempo, «cincuenta» botellas para mí. Tantas que no podía ni quería contar, tantas que me hartaban.

Si una se olvida las salchichas en el agua hirviendo se revientan y pasan a ser del tamaño de un chorizo explotado y sin sabor. Las comíamos igual, con mucha mayonesa y pan de pancho, pero no nos gustaban, ni a mi hermano ni a mí. Así sentía, ese día, mi cabeza: carne a punto de estallar.

Me acerqué a la botella, traté de no leer el mensaje, de pensar que lo que decía estaba en chino, mientras rogaba que no tuviera foto. Era azul, ancha, con tierra hasta la mitad de su cuerpo. Me agaché, la toqué y sentir el vidrio me dolió en la palma de la mano. La levanté con el mismo brazo que llevaba la bolsa, colgada cerca del codo.

A veces sentía el peso de todas las botellas juntas que iban transformando mi casa en lo que siempre había odiado, un cementerio de gente que no conocía, un depósito de tierra que hablaba de cuerpos que nunca había visto. Mientras, mamá estaba sola en donde, dicen, descansan los muertos. Yo nunca la iba a ver. El Walter no sé. A veces yo quería, pero después no iba. Nunca había vuelto desde que era chica y se la habían llevado.

Caminé con la botella hacia la casa. La miraba, sin saber ya si me gustaba o no, si iba a abrirla o no, si iba a cobrarle al que la había dejado o si directamente prefería no llamarlo. Solo quería

ser mi hermano y yo comiendo salchichas en el sillón de la salita y que mi único problema fuese que no se pasaran, o que el Walter no se tirara mayonesa y ketchup encima.

Tenía la llave de la casa en el bolsillo del short. No iba a entrar la botella ese día, no iba a llamar a nadie, no iba a tragar tierra. Total, nadie me veía. Rodeé la casa pensando como siempre que tenía que podar las plantas pero que lo único que iba a hacer era comer algo rico con la mano. Así ni los platos quedaban para lavar. Y después, tirarme a plaguear con el Walter.

Me agaché entre las plantas, corrí las hojas enormes, y dejé la botella con las otras para que le hicieran compañía. Había muchas azules. Ningún azul era igual a otro, ninguna tierra tenía el gusto de la tierra de otra botella. No se extraña a un hijo, un hermano, una madre o un amigo igual que a otro. Parecían tumbas brillantes una al lado de la otra. Al principio las contaba, las acomodaba con cariño, a veces acariciaba alguna hasta que me decidía a probar de su tierra. Casi siempre era así, pero ese día las odiaba. Me pesaban más que nunca. Todas juntas me cansaban. Sentía todas las botellas apilándose en mí. El mundo debía ser más grande de lo que siempre había creído para que pudiera desaparecer tanta gente.

Volví a caminar sobre mis pasos y entré en casa. Puse música, fui a la cocina a encender la hornalla. Busqué el hervidor, lo cargué de agua, tratando de no pensar que el de adentro de la botella podía morirse en cualquier momento. Empujé con bronca, una a una, las salchichas hasta el fondo para que quedaran enterradas en el agua. Después las abandoné al fuego.

El Walter llegó unos minutos más tarde.

Comimos los panchos a punto de rebalsar de mayonesa, con los dedos manchados, y las latas de cerveza fría en la otra mano, como tenía que ser. Mi hermano estaba contento, contagiaba. No le pregunté por qué. Charlamos de pavadas. Casi todo el tiempo hablaba el Walter, a veces con la boca llena, comiendo como un atolondrado. Yo lo escuchaba y me reía con él.

Más tarde me dio un beso y se fue al taller. No iba a volver hasta la noche.

Cuando cerró la puerta, dejé caer mi cuerpo en el sillón de la salita en donde seguro al otro día, y al siguiente, y en los cincuenta días que le siguieran iba a atender gente, a preguntar, tragando, si vivía o no, si respiraba o hacía cuánto y por qué sus pulmones se habían apagado, o quién se la había llevado. Pero ahora solo quería dormir.

Estaba parado, apoyado contra la reja. Se veía muy triste para ser tan joven. El pelo prolijo, la ropa perfecta como en las propagandas de cigarrillos.

Había escuchado que golpeaban y, como todavía no me había levantado, tardé en salir.

Ya no golpeaba. Se había cansado o había perdido las esperanzas de que saliera alguien. Estaba esperando.

Cuando me vio se despegó de la reja. Yo lo miraba callada, no me salía ni media palabra.

Dijo que había llegado esa mañana hasta la puerta, pero que hacía días que venía y no se animaba a bajar del auto.

Después se quedó en silencio y yo me tomé el tiempo para estudiarlo de arriba abajo.

Me esperaba, dijo, porque buscaba a alguien.

No supe qué contestarle. Lo único que quería era seguir durmiendo. Ni siquiera sabía si el Walter estaba en la casa o si ya se había ido para el taller.

—Necesito ayuda —volvió a decir justo cuando pasaba una

vieja por la vereda. La vieja clavó en seco el changuito de hacer las compras y me miró: era una mujer del barrio.

Abrí la puerta, me di vuelta y, cuando sentí que el flaco caminaba atrás mío, le dije:

—Cerrá.

No quería que lo vieran. Menos que me chusmearan a mí, que ni me había peinado. Debía parecer un fantasma.

No me daba miedo. Cuando se sentó en el sillón de la salita, parecía que el que tenía miedo era él. También que dormía mal, como yo.

—No dormí nada —dije—. ¿Qué querés?

—Estoy buscando a alguien —volvió a decir, ahora con la vista baja, mirándose las manos.

Parecía un flaco unos diez años mayor que el Walter, pero tenía camisa, zapatos, ropa cara.

En la tristeza en la cara sí se parecía a mi hermano y a mí. También en que hablaba despacio, como si le costara echar las palabras desde adentro.

—¿A quién buscás? —le dije tratando de evitar un bostezo.

Del sueño se me caía una lágrima.

El flaco se quedó callado. Aunque todavía era la mañana, me entraron ganas de tomar una cerveza y volver a dormir.

—Si te digo el nombre, no es nada para vos —dijo, mirándome de frente.

—A esta hora yo no atiendo, flaco, pero si me das cinco minutos, te escucho.

Abrí la heladera. No había casi nada. Restos fríos de un pollo que había traído el Walter el día anterior. Respiré fuerte. No había forma, no estaba para tragar tierra. Cerré y busqué la pava, le puse agua y encendí la cocina. Mientras se calentaba, preparé el mate. ¿Tomaría mate ese tipo? Ni siquiera sabía por qué me importaba. Solo que si me contaba ahora, no iba a poder dormir tranquila en todo el día. ¿Cómo iba a hacer para frenarlo?

El agua ya estaba lista, apagué el fuego y me llevé todo, pava y mate, y lo puse adelante del sillón. Me seguía pareciendo un hombre cansado, alguien que se gastó antes de tiempo.

—¿Tomás?

—Claro.

Revolví apenas la yerba con la bombilla y eché el chorro de agua caliente en el hueco del medio. Le pasé el mate y el flaco tomó. Cuando terminó, se quedó con el mate vacío en la mano y empezó a contar. Dijo que su tía, la hermana de su madre, había ido a buscarlo, que hacía tiempo que no la veía, que ella lo había criado.

—Mi madre verdadera trabajaba todo el día y, cuando llegaba, se tiraba a dormir. Y ahora mi tía vino. Me costó reconocerla.

Estiró la mano y me pasó el mate. Yo cebé para mí.

—Tuve que mirarla bien para entender que era ella. No me vino a ver a casa, vino a buscarme a la comisaría.

Dijo «comisaría» y me ahogué con el mate. ¿En dónde me estaba metiendo? Cuando me preguntó si estaba bien, lo esquivé. Si se dio cuenta no sé, pero no dijo nada. Necesitó que le hiciera un gesto con la cabeza para volver a hablar.

—Me costó conseguir que mi tía se tranquilizara y empezara a contar lo que había pasado. Mi prima María faltaba hacía seis días. Había salido para el curso de enfermería y no había llegado nunca. Quedé aturdido, no sabía qué pensar ni qué decir.

El hombre se quedó callado un rato. Me miraba como esperando una respuesta, pero no hablé.

Después dijo que su tía empezó a acusar a los compañeros de trabajo de él. Dijo que los policías y el comisario se habían quedado quietos, que no la buscaban. Pero él casi no la escuchaba. Pensaba en su prima María, en que era una chica a la que no conocía, alguien a la que recordaba solo de pibita, una nena chica, una prima lejana a la que había dejado de ver. Pero los ruegos de la tía, decidida a conseguir ayuda como fuera, se la habían ido devolviendo. Ahora María quería ser enfermera. Él iba a ayudarla.

Yo lo escuchaba hablar y no podía contestarle nada. Me daba bronca que fuera su sangre lo que lo moviera a buscar y no la chica. Cualquier chica. Era un yuta, su trabajo era ese.

Dijo que cuando la tía se fue de la comisaría empezó a buscar.

—Pensé que siendo policía iba a ser fácil —dijo—, pero pasaron muchas cosas.

Le alcancé otro mate. Me pareció que ya había dicho demasiado. No quería escucharlo más, pero el flaco agregó:

—Terminé dándome cuenta de que en esta estaba solo.

Sacó una foto de la campera. Me la quiso pasar pero le dije que la tuviera él, que me la mostrara un poco, desde ahí donde estaba sentado.

Me dio lástima, pero era así, todos buscaban solos.

Miré la foto en sus manos y después lo miré a él. La sonrisa de la chica y algo en el cuerpo del flaco me hacían pensar en que esa vez podía ser distinto, que por una vez podía llegar temprano. No quería que fuera como con la Florensia. Mentir lo había decidido sola, mientras la madre de la Florensia me clavaba los ojos. La culpa también me la había tenido que fumar yo. Quizás ahora con ese yuta podíamos hacer las cosas de otra manera.

Me imaginé a los otros policías diciéndole: «Ya va a volver, seguro se fue con el novio», y me dio bronca de él y de todos. Mientras lo veía manosear la foto, pensé en cobrarle un montón de plata para sacármelo de encima, pero después me acordé de la piba.

—Esto sale plata —le dije, sin pestañear.

Si a la policía le pagaban por buscar y no hacer nada, ¿por qué no iban a pagarme a mí?

Se quedó callado. Me miraba. Ahora parecía que algo de maldad le manchaba la cara.

—Mañana traigo la plata, si te parece, y vamos hasta donde vive mi tía.

—En patrullero yo no voy —le contesté.

Él se rio. Aunque me gustó verle los dientes blancos, parejos, la cara que se le hacía parecida a cualquier chaboncito de mi barrio, seguí mirándolo seria.

—Voy en bici.

Él hizo que no con la cabeza. Entonces le dije:

—Hagamos así. Nos juntamos mañana, pero vos me hablás solo de ella. De la comisaría, nada.

Él sonrió, asintió y dijo:

—Mañana te paso a buscar, vengo en mi auto. Me llamo Ezequiel.

Cuando el cana se fue, caminé hasta el baño. Aunque no hubiese nadie más en la casa, cerré la puerta para mirarme en el espejo, sola. Yo también estaba cambiando. Sabía que los días que vendrían iban a ser movidos. Quería acordarme de mi cara tal como era, por si con el quilombo que se venía pudiera perderse, ser otra cara. Después apagué la luz, salí del baño y me tiré en la cama a seguir durmiendo.

«MAÑANA TE PASO a buscar, vengo en mi auto».

Eso fue lo primero que se me vino a la cabeza cuando me desperté. Todo mal, subirse al auto de un cana. Me levanté y, camino al baño, me llevé puestos unos borcegos de mina. El Walter se había traído alguna chica a dormir. Su puerta estaba cerrada y yo no sabía si ya se había ido al taller o si seguía metido en la cama. Mejor que estuviese ocupado: no le había dicho nada de que no iba a estar. Enderecé los borcegos, puse un pie al lado. Me iban. Yo nunca había tenido unos borcegos como esos.

Descalza la chica no iba a salir, así que estaría todavía ranchando en la pieza de mi hermano.

Con el mismo pie corrí los borcegos para un costado y seguí camino al baño. Mientras meaba, miré a ver si el Walter se había bañado, si se había afeitado o lo que fuese, pero no. Lo único que faltaba era que esos dos se aparecieran justo cuando llegara el cana. Me lavé la cara y los dientes. El toallón no estaba: ese sí había sido mi hermano.

Sacudí las manos y me las pasé por el pelo. Volví a mi pieza a cambiarme tratando de no hacer ruido. Iba a esperar al tipo

afuera, en la puerta, así no tenía que entrar. ¿Dónde estaban los pantalones? En short no iba a ir. Busqué en el mueble de mi ropa pero nada: un par de calzas y todos shorts. En el piso había un montón de ropa sucia. En algún momento iba a tener que ponerme a lavar. Quizás había algún pantalón en el sillón. La mayoría de las veces terminaba quedándome dormida ahí, con la música de la Play Station. Odiaba que el Walter me la apagara, pero cuando llegaba a casa la apagaba o le bajaba el volumen. Después yo me despertaba a las tres o cuatro de la mañana y ya no me volvía a dormir hasta la salida del sol. Peor si los gatos se peleaban arriba del techo. La única forma de poder seguir durmiendo era con la música prendida.

Abajo del sillón de la salita encontré un jean. Estaba bastante limpio. Había también una botella de cerveza vacía, que dejé ahí. Levanté el pantalón, lo sacudí y me lo puse. Busqué las zapatillas, el celu y mi mochila. Tenía hambre pero no había tiempo de comer nada.

Cuando salí a mi terreno el sol pegaba lindo. Hacía que todo se viera más verde. Me gustó. Me olvidé por un rato de que tenía hambre. No solo la tierra olía, las plantas también. Mientras caminaba, respiraba tratando de que ese olor se me metiera en el cuerpo. Era lo único que me faltaba para terminar de despertarme. Me acerqué a la reja. No sabía para qué miraba para afuera si yo no conocía el auto del yuta. Me di vuelta y me apoyé. El candado me molestó, se me clavó en la espalda y me obligó a

despegarme. Miraba tanto mi casa que me di cuenta de que me costaba dejarla. No sabía por qué, ni que me fuera a la luna. Era solo ir hasta la casa de donde faltaba la piba y volver.

—María no está, María falta —dije en voz alta y me di vuelta.

El sol también daba contra la vereda. Un gato atravesó la reja corriendo, atrás dos perros persiguiéndolo con la lengua afuera.

—Babosos. ¡Cucha!

Los perros siguieron de largo y el gato, para variar, subió a los saltos a mi techo. Los perros se quedaron hurgando la basura de la esquina.

Ya tenía que ser la hora. Metí la llave en el candado, abrí la reja y salí. Volví a cerrar y guardé las llaves en la mochila.

A los pocos minutos, llegó.

Subí a su auto, que era gris y olía a nuevo, y arrancó. Ezequiel había dicho que se llamaba y yo lo miraba manejar y me costaba pensar en su nombre. Para mí era el yuta. Él también me miraba a veces y era incómodo, se notaba que no sabía qué decir. Afuera el sol daba a pleno. En una esquina, un nene trató de saltar una zanja, calculó mal y cayó con los dos pies de lleno en el agua podrida. La madre, que caminaba un poco más atrás, le dio un coscorrón en la cabeza y el pibito se largó a llorar. Mirándolos, pensé en la cabeza ardiendo por el toque, en los pies mojados por el agua sucia, en la bronca del mal salto. Así me sentía yo en ese auto.

—¿Querés poner música? —dijo el yuta, como si se hubiera dado cuenta.

Enderecé el cuerpo, prendí la radio. Busqué en varias radios sin encontrar nada decente, hasta que apareció un tema de Gilda. A mi mamá le gustaba Gilda. Siempre me contaba que había sido maestra jardinera. Cerré los ojos y vi a mi vieja tarareando por la casa. Las únicas tardes en que la veía contenta había música y mi viejo no estaba. En ese viaje en auto que no tenía ganas de hacer mi vieja había aparecido en la voz de una maestra jardinera que, cantando con una sonrisa de labios rojos, conseguía hacérmelo un poco soportable.

Cuando el tema terminó, el yuta dijo «Gracias» y yo tuve que abrir los ojos. Me reí.

—¿A vos también te gusta Gilda?

—Gracias por venir a hacer esto hasta acá —dijo.

Ya no me pareció tan yuta. Hice un esfuerzo para empezar a pensar en él como Ezequiel. Era su nombre.

—Tengo hambre —le dije—. Pero igual ahora no voy a poder comer nada.

No contestó. Siguió manejando. Pensé que estaba en otra, que no le importaba lo que había dicho, pero al rato estacionó el auto junto al cordón y me dijo:

—¿Ves?

Señaló algo que había afuera, de su lado del auto. Me incliné para ver y leí el cartel: PARRILLA PASTAS PAPAS FRITAS. Al arri-

marme a él, sentí un perfume que me voló la cabeza. No supe si era el desodorante que usaba o algún producto para el pelo, pero me gustó tanto que sonreí. Me volví a mi asiento.

—Hacés tu trabajo y después paramos acá. No hay ningún apuro. —Ezequiel también sonreía.

Volvió a poner en marcha el auto y ya no sentí los pies mojados.

La casa de María era linda. O, en todo caso, mucho más linda que la mía. No sabía dónde estábamos y tampoco quise preguntar. Ezequiel y su tía me miraban como esperando que les dijera algo y yo, sin saber qué decir, me asomaba por la ventana para mirar el pasto, la tierra.

Al rato, la mujer me comentó que a su hija le gustaba tomar mate afuera, mientras leía las fotocopias de la escuela de enfermeras. Casi se puso a llorar. Le dije a Ezequiel que se quedara con su tía y salí. Como la puerta estaba abierta, solo tuve que empujar una puerta mosquitera que me resultó pesada.

Era un terreno más chico que el mío, pero nada crecía libre ahí. El pasto cortado y sin yuyos, las plantas chicas, en macetas y canteros, que apenas me llegaban hasta las rodillas. Empecé a dar la vuelta a la casa, buscando algo, no sabía qué.

Sentí que se abría y cerraba la puerta mosquitera. Enseguida vi que Ezequiel y su tía se acercaban.

—Vení que te muestro —me dijo ella. Y después—: Ahí. Ahí se sentaba mi hija a tomar mate y estudiar.

Señaló un lugar del terreno similar al resto, solo que había un tronco cortado y alrededor el pasto estaba un poco más largo. Moví el tronco y abajo aparecieron un par de bichos bolitas y un ciempiés, que empezaron a moverse. El tronco quedó dado vuelta, con la parte húmeda que había estado apoyada en la tierra de cara al sol. También en esa parte del tronco había unos bichos vivos, que se quedaron inmóviles y atontados por esa luz que no se esperaban.

Abajo, limpia de verde, estaba la tierra.

Les pedí que se fueran y esperé. Nunca más iba a querer que me viesen comer. No me moví hasta que volví a escuchar la puerta mosquitera. Pude, estando sola, sacarme las zapatillas, sentarme, pasar la mano por la tierra, volver a sentirla en mis piernas. Devolver, por un rato, mi cuerpo al suyo. No cerré los ojos, pero pensé en la foto de María que me había mostrado Ezequiel. Era una chica linda, de pelo negro. Sonriendo era hermosa. Pensé en los enfermos contentos de que les tocase una piba así.

Al principio la tierra es fría, pero en la mano y después en la boca entra en calor. Separé un poco y lo levanté. Me lo llevé a la boca. Tragué. Cerré los ojos, sintiendo cómo la tierra se calentaba, cómo me quemaba adentro, y volví a comer un poco más. La tierra era el veneno necesario para viajar hasta el cuerpo de María y yo tenía que llegar.

Me acosté en el suelo, sin abrir los ojos. Había aprendido que de esa oscuridad nacían formas. Traté de verlas y de no pensar en

nada más, ni siquiera en el dolor que me llegaba desde la panza. Nada, salvo un brillo que miré con mucha atención hasta que se transformó en dos ojos negros. Y de a poco, como si la hubiera fabricado la noche, vi la cara de María, los hombros, el pelo que nacía de la oscuridad más profunda que había visto en mi vida.

Solo que la tierra no abrazaba su cuerpo. Eso me gustó. Tenía un vestido claro sobre la piel que la hacía verse más joven. Estaba acostada en algún lado. Estaba viva.

Pero había algo, encierro. La luz no entraba libre ahí donde estaba María. Respiraba, pero con miedo. Nada en ella sonreía. El vestido que comenzaba en sus hombros se perdía después en el abrigo de unas frazadas que parecían tenerla presa.

María me miraba. Su cara era una queja de tristeza. Por los ojos negros dejaba que se le saliese el dolor.

Mientras la miraba me acordé de que me dolía la panza, pero no quería volver a mí. Me fijé en ella, tratando de quedarme para averiguar dónde estaba, pero todo lo demás era oscuridad. La pared del fondo, pegada a la cama en donde María estaba mirándome, tenía algo escrito que no llegaba a leer. ¿Podía leer? En los sueños no. Las letras se ponían raras. No se quedaban quietas. Si podía entender una palabra, la siguiente cambiaba. Leer en los sueños me era casi imposible.

El choque con su cuerpo, de frente, me puso de mal humor. No podía moverme para ver en dónde estaban sus ojos abiertos más allá de ese cuarto, con un terror que me dolía como si me

estuviesen pateando. Volvía el dolor, volvía mi cuerpo ahí donde no tenía que estar. No podía quedarme, lastimaba, faltaba el aire. Estaba tan cerca de María que no servía.

Ahora sí, quería irme, y me volvía a chocar contra ella. Quería alejarme, mirarla, y la sentía. Pero sabía que ella estaba viva y eso hacía que el dolor no me importara tanto. Junté todas mis fuerzas para despegarme, dejé de mirarla a los ojos para poder moverme hacia atrás y a la vez más allá, a la pared, donde había algo escrito que esta vez no traté de leer. Hice de cuenta que le sacaba una foto con el celu y entonces vi, CARGA TU CRUZ, y enseguida una puerta empezó a abrirse. Sentí un terror profundo. Fue lo último.

Abrí los ojos.

Salí de la visión sin aire, como si yo también hubiera estado días en ese encierro.

Me paré como pude. Tenía sed. La garganta seca. La boca seca. Estaba mareada. La sed me estaba poniendo estúpida.

—Agua —le dije al flaco cuando lo vi venir caminando. La mujer estaba detrás.

—Agua —volví a decir. Y con la boca muerta de sed—: María está viva.

Me llevaron al baño. Les cerré la puerta. Tomé agua con la misma desesperación que tenía en los recreos, cuando la seño Ana nos cuidaba y el agua de una canilla abierta era lo más rico del mundo.

Después me busqué en el espejo. Encontré lo que sabía: «Soy como ella —me dije—. Sé su nombre y que está viva. Quiero encontrarla. Yo me parezco a María. En los labios, en el pelo, en el color de mi piel está la tierra y está ella: unos ojos que son, para mí, un puntazo en la carne. No voy a dejar que quede ahí, viva y abandonada entre sombras».

—**Papas fritas, muchas...** Y una milanesa. ¿Hay?

La comida que pedí, que era la que más me gustaba, era la comida de todos mis cumpleaños. Me levantaba de la cama, me ponía algo en los pies para que no me cagaran a pedos, y salía de la pieza buscando a mi vieja.

Encontraba la canilla bien abierta, el chorro de agua dando con fuerza en una montaña oscura de papas. Con el agua, la tierra se hacía barro y empezaba a desprenderse como un río turbio que se iba por el desagüe de la cocina. En esa época yo sabía muy bien pelar papas a puro Tramontina, pero en mi cumpleaños no las tocaba. «Las preparo yo», decía mi vieja y me alejaba un poco con el brazo, pero al rato yo estaba parada ahí de nuevo. Me gustaba mirarlas cortadas, me gustaba mirarlas friéndose. Me gustaba oler.

Las milanesas, una para cada uno. A veces el viejo no llegaba para la cena y mamá guardaba su milanesa en un plato entre dos papeles del rollo de cocina. Pero las papas fritas no. «Que se

cague», decía ella y el Walter y yo nos moríamos de la risa. Esos eran los mejores cumpleaños del mundo.

Ezequiel pidió carne de no sé qué y ensalada. ¿Ensalada? Me hizo reír. Había de todo en ese lugar y el tipo pedía unas lechugas.

—¿Y para tomar? —preguntó la que atendía, una chica de pelo lacio que tenía un par de años más que yo y anotaba todo en una libreta casi sin mirarnos.

Ezequiel pidió una cerveza que yo no había tomado nunca. Una negra de una marca rara. La trajeron de toque, helada. Todo me gustaba de estar ahí, de sacarme la tristeza de la tierra en el cuerpo con papas fritas y birra.

—Sabés que tenemos que volver, ¿no? —dijo Ezequiel cuando iba por la mitad del vaso.

Yo le dije que sí con la cabeza. Eso lo sabía muy bien. María estaba viva y yo no sabía cómo hacer para averiguar en dónde. No necesitaba volver a tragar tierra para que me llegara el terror en sus ojos abiertos. Su tierra todavía estaba en mi cuerpo.

—Ahora estoy muy cansada —le dije, mientras traían una bandeja plateada llena de papas fritas.

—Sí, ya lo sé. Comamos, te llevo a tu casa.

Estiré la mano y agarré una papa. Me habían puesto un juego de cuchillo y tenedor de acero envueltos en una servilleta de papel. Pero yo quería tocarlas. Meter los dedos en la fuente de las papas. Estaban calientes, pero no tanto como para quemarme la mano. Agarré una, la mordí y recordé el gusto de esas papas cortadas

gruesas, que de lo blanditas que eran parecía que tuvieran puré adentro. Le salía humo y volví a morder.

Por ese éxtasis andaba cuando Ezequiel dijo:

—Mañana te paso a buscar. Vengo en mi auto.

No quise mirarlo. Estiré la mano y seguí con las papas fritas.

ESA NOCHE SOÑÉ con la seño Ana otra vez. La veía como si le hubiesen apagado algo adentro, ni enojada estaba. Sola, encendida, su tristeza. Yo caminaba acercándome a ella y, cuando la seño Ana me veía, algo volvía a prenderse.

—Estoy sola acá. ¿Sabés? No me puedo ir a ningún lado.

Era todo lo contrario a la visión de María. Estaba en un lugar enorme que no tenía nada. Solo la seño Ana, siempre.

Yo no sabía si era porque ya no usaba el guardapolvo de maestra, pero se veía mucho más flaca que antes.

El olor me daba ganas de vomitar y la seño Ana me miraba con lástima.

—Si te duele —me decía—, eso no es acá, es la tierra en tu panza.

Yo no le contestaba pero pensaba cuánta tierra podría tragarme sin arruinar mi garganta, mi estómago, mi cuerpo.

Pensaba que tenía que despertarme y no quería dejar a la seño Ana sola.

—Me tengo que ir. Perdoname —le dije.

Con eso la seño tampoco se enojó. Abrió sus brazos para que me acercara y, después de abrazarme, me dijo:

—Yo sé, yo sé. Apurate, Cometierra. María todavía vive.

LO ESTABA ESPERANDO.

Apenas había salido el sol y yo ya lo estaba esperando.

De nuevo el Walter estaba metido en su pieza con la chica de los borcegos. Hacía horas que los había escuchado llegar. Yo no me había asomado. Le debía haber pegado fuerte para caer dos veces seguidas con la misma mina.

Ahora, que apenas veía la luz de afuera y se empezaba a colar por mi pieza, lo estaba esperando. Aunque sabía que Ezequiel no iba a venir tan temprano, estaba despierta pensando en lo que íbamos a hacer. Me preguntaba si además de ir hasta la casa de María, si además de comer tierra y, ojalá, encontrar a la chica, íbamos a hacer algo él y yo. Me pareció ridículo. ¿Por qué pensaba en eso?

Como no podía seguir durmiendo, me levanté para darme una ducha. Fui hasta el baño. De nuevo faltaban los toallones. ¿Qué hacían mi hermano y su chica secuestrando todos los toallones de la casa? La idea de salir a buscarlos descalza me gustó, pisar un rato mi terreno antes de tener que irme. Algo me hacía pensar en que capaz no volvería.

Para ir al tender donde había colgado la ropa tenía que pararme al costado de mi casa. Caminé unos pasos. Sentir el pasto de la mañana me hizo pensar que mis pies nunca iban a dejarme que me fuera del todo de ese lugar. Ese suelo tenía cada vez más humedad. Con los dedos del pie traté de remover el pasto para ver debajo. La tierra también estaba húmeda. La toqué. Más tarde iba a tener que comer la tierra de otra mujer. Por eso, pensé, me quedaba un rato mirando la mía. Cuando levanté la vista, lo vi.

Estaba parado en la vereda y todavía no eran las nueve. Ezequiel, con una sonrisa que me encantaba, me estaba mirando. Y yo hecha un desastre, descalza, despeinada y casi sin dormir. Entré rápido en la casa a buscar la llave del candado. Pensé en ponerme las zapatillas, pero se me habían ensuciado los pies… Así que tuve que ir a abrirle a Ezequiel así como estaba.

—Disculpá —dijo cuando moví la reja para hacerlo pasar.

Me siguió hasta la casa. Antes de entrar, me alejé un poco y manoteé la primera toalla que vi colgada y volví. Él entró y se quedó quieto en la salita, como si no supiera qué hacer. Le señalé el sillón y le pregunté si quería tomar unos mates. Sentado, pareció menos incómodo, pero igual daba la sensación de que no conseguía soltar algo que traía adentro. Así, sufriendo, tampoco era un cana para mí. Solo un flaco más.

—Me estaba yendo a bañar —le dije, y le dejé la pava caliente y el mate sobre una silla y me metí en el baño.

Como Ezequiel estaba esperándome no iba a poder quedarme hasta que se gastara el agua. Me gustaba así. Agua bien caliente

para mojarme el pelo y llenarlo de champú. Dejarla correr sobre mí. Que el champú se escurriera por mi cuerpo y sentirme el perfume antes del enjuague. Me agarré el pelo y me lo llevé a la nariz. Después me olí el hombro, mi lugar favorito. Volví a meterme abajo del agua dos minutos más. Me agaché para agarrar la crema de enjuague y, cuando alcé el pote, vi que estaba casi vacío. Sin enjuague, no podía ni peinarme. Pensé en la chica de los borcegos y quise matar al Walter: mi hermano en su vida había usado crema de enjuague. Le saqué la tapa al pote, lo llené de agua, lo volví a tapar, lo agité bien fuerte, me alejé del agua y me vacié el pote en la cabeza. Traté de que me alcanzara para las puntas. Me enjaboné. Ya no estaba el agua tan caliente ni yo tan contenta con la ducha. Cuando terminé de pasarme el jabón, el agua ya estaba tibia, así que me metí unos segundos bajo la ducha y después salí. Empecé a secarme con la toalla que había rescatado afuera, una toalla chica que apenas me alcanzó para el cuerpo. El pelo me quedó mojado. Metí la toalla debajo de la canilla un rato y, toda empapada, la colgué del gancho que había al lado del espejo. Le saqué la tapa al pote de crema de enjuague y lo dejé en la pileta. El Walter iba a entender. Me vestí y salí del baño.

Ezequiel parecía una estatua. Pensé que no se habría cebado ni un solo mate pero ya se había tomado media pava. De mi hermano y la piba no había señales. Me senté, tomé un mate, pero como apenas me había secado el cuerpo y el pelo me chorreaba encima de la remera, me empezó a molestar tener la remera mojada delante de un tipo. Me paré y le dije:

—Vamos.

—Es temprano, pero podemos ir a dar una vuelta.

Lo vi mirándome, adelante, la parte mojada de la remera y desviar rápido los ojos. Me estiré hacia atrás para hacerme un rodete con el pelo, bien alto, en la nuca. Dejé la pava y el mate y fui hacia la pieza a buscar algo para ponerme encima de la remera mojada, pero en el camino me encontré tirado en el suelo un tapadito liviano color negro, con botones y unas líneas rojas que me re flashearon. Me lo puse, prendí los botones, me di media vuelta y le dije a Ezequiel:

—Lista.

Antes de la tierra no quería comer nada. Andábamos dando vueltas en el auto buscando algo para bajonear después.

—¿Dulce? —dijo Ezequiel y yo no pude evitar hacer una sonrisa enorme.

Pensaba en el dulce de leche y se me llenaba la boca de saliva. Con Ezequiel y su perfume pasaba algo parecido. Mientras manejaba, yo respiraba profundo. Me encantaba. Empecé a tratar de no mirarlo, de seguir el camino con la vista, pero el perfume se me metía igual.

—Falta poco —dijo.

Cerré los ojos y los abrí recién cuando Ezequiel paró el auto. Pensé que habíamos llegado, pero había frenado en una esquina, frente a una confitería enorme pintada de amarillo. Ezequiel bajó,

cruzó por adelante del auto y, al ver que yo me quedaba en el asiento, me hizo señas para que lo siguiera.

Entramos. Miraba todas las cosas ricas que había y no sabía qué iba a elegir él. Pero cuando la empleada nos atendió, Ezequiel me miró y dijo:

—¿Qué te gusta?

«Cualquier cosa que tenga chocolate con dulce de leche», pensé, y traté de no reírme.

Elegí un montón de facturas, en especial de esas con azúcar impalpable que te dejan la boca como un payaso. Estaba segura de que toda esa comida iba a durarme por lo menos tres días.

Él pagó en la caja a un señor grande y serio que le entregó todo en una bolsita con un dibujo de panes.

Afuera, Ezequiel me dio la bolsa a mí. Yo tenía muchas ganas de abrir el paquete. Cuando subimos de nuevo al auto me dijo que las pusiera atrás, para la vuelta. La acomodé con cuidado. Ya no pensaba en la tierra sino en las facturas, como una borrachera. Unos quince minutos más tarde estábamos estacionados frente a la casa de María.

No sabía su nombre. Para mí era solo la madre de María, la tía de Ezequiel. Me dijo que no había dormido nada y yo la entendí. Desde que había empezado a comer tierra para otros, nunca más había vuelto a dormir como antes. El día anterior había sacado dos cervezas de la heladera y una había quedado por la mitad al costado del sillón. Había tomado tratando de pensar solo en la música que salía de la Play. Quería que la cerveza me dejara la mente en blanco. No pensar en María atada, en María encerrada. Ni en su mamá. Y en algún momento me había quedado dormida.

Y ahí estaba ella ahora, la madre, buscando acercarse. Yo sabía que quería decirme algo pero no quería escuchar. Me estaba guardando toda para la tierra. Igual, se sentó enfrente mío y trató de agarrar mis manos.

—Hija —dijo, como para empezar a pedir algo, más con los ojos que con la boca—. Hija…

Le hice que no con la cabeza. Ya no siguió hablando.

Solo los ojos.

—No, así no funciona —le dije, tratando de no mirarla, tratando de no recorrer con la cabeza el tiempo seco, los años guachos

que me lastimaban el cuerpo como una lija frotada sobre la piel, que hacían que ya no saliera nunca, nunca, la palabra «hija» para mí de la boca de una mujer—. Yo vine a comer la tierra de su hija —dije, y me levanté para salir sola a la intemperie a buscar una vida.

Acaricié la tierra que me daba ojos nuevos, visiones que solo veía yo. Sabía cuánto duele el aviso de los cuerpos robados.

Acaricié la tierra, cerré el puño y levanté en mi mano la llave que abría la puerta por la que se habían ido María y tantas chicas, ellas sí hijas queridas de la carne de otra mujer. Levanté la tierra, tragué, tragué más, tragué mucho para que nacieran los ojos nuevos y pudiera ver.

Era ella. El moretón en el ojo de María era fuego y furia en mi corazón. Un golpe que el día anterior no estaba en una cara que era pura tristeza. Seguí comiendo, borracha de tierra. Tenía que ver. Ahí estaba María, que, como si me hubiera presentido, se desesperó. Yo traté de calmarla. Ella tiraba fuerte de sus brazos, dos brazos que no le servían. Estaba atada contra esa cama que era solo mugre para un cuerpo nacido hacía cuántos años, pocos, quizás diecisiete. La cama golpeaba las paredes y María tiraba y tiraba de sus cadenas, trapos pobres de los que no podía zafarse.

De nuevo las letras negras en la pared de ese pozo que era una cárcel para la chica. Se movían, no me dejaban leer. Me agaché, pero ya no existía tierra de donde agarrarme. Traté de hacer de mi cuerpo un ovillo pero la cabeza, derecha, miraba a María y detrás

la pared, las palabras negras en la oscuridad. Ella ya no luchaba contra sus ataduras. Leí, como en una foto, CARGA TU CRUZ.

Se abrió la puerta que había al lado de la cama y el ruido que hizo fue terror para nosotras. Solo sus ojos enormes no estaban atados y les contaban, a los míos, el miedo, los golpes y las ganas de escapar. Como pude, vi al hombre metiéndose en la pieza. La luz entraba por la puerta como si fuera llamas para los ojos de María y para los míos. Pero yo tenía que verlo. Luché contra la luz y, aunque me lastimara, lo pude ver. Era un hombre viejo, la frente dibujada con poco pelo, blanco. Los brazos descarnados seguían siendo fuertes. Un hombre viejo, como un abuelito de plaza, que sacudía a María y le decía: «Quedate quieta, mujer».

No podía verla llorar. Quise morderlo pero tampoco podía. Apreté mis rodillas con los brazos mientras las letras se movían hasta despegarse de la pared, mariposas negras de la noche que se me venían encima. El hombre viejo también caminaba hacia mí. ¿Me había visto? No. Era el frío del miedo, y después el aturdimiento y el dolor siempre en mi panza.

Tenía que irme.

Aunque no lo quisiera, salí tan oscura como la noche, en mi cabeza el aleteo prestado de una mariposa negra: CARGA TU CRUZ.

La plata en mi bolsillo no podía ponerme contenta. Aunque había tratado con todas mis fuerzas, había fallado. María podía morir esa misma noche. Su madre solo me dijo «volvé» y, acercando mi cuerpo al de ella, me puso un fajo de billetes en las manos sucias con su tierra.

Íbamos en el auto sin decir nada. Ezequiel también parecía triste. Ninguno de los dos abría la boca. Me miré las manos. De las ganas de salir corriendo ni siquiera me las había lavado. La fuerza enorme para no llorar me había obligado a salir rápido de la casa. Saqué el fajo de billetes atados con una gomita, lo miré y me acordé de mi vieja y de cómo se enojaba si tocábamos plata a la hora de comer: «Lávense la roña de las manos —nos decía—, que eso está lleno de gérmenes».

Mis manos ahora estaban más sucias que todos los billetes del mundo. Las abrí tanto que el fajo estuvo a punto de caerse entre mis piernas. Ezequiel me miró y dijo:

—Comprate algo.

No le contesté.

—Te los ganaste —insistió—. Comprate algo que hayas querido siempre. Algo para vos.

Mi única respuesta fue girar la cabeza para mirar por la ventanilla, como si eso pudiera sacarme del auto, del día, de mis manos
sucias, de mi cuerpo y del embrujo de la tierra.

«Algo para mí», pensé. Me miré el tapado de la chica del Walter. Las cosas en casa estaban ahí, se usaban y punto. Jamás hubo
cosas para mí.

Al rato, nos cruzamos en una esquina con un negocio de toallas y sábanas.

—Pará acá —dije despacito al verlo, pero él siguió de largo—.
Pará acá —repetí con fuerza.

Bajé del auto y me puse a caminar hacia el negocio. Ya era casi
mediodía. El sol se estaba nublando y empezaba a hacer un poco
de frío. El tapado, muy lindo, era de una tela finita que no abrigaba
nada. Pura facha. Cuando llegué, empujé una puerta de vidrio y
entré.

La chica parada detrás del mostrador no parecía tener muchas
ganas de atenderme.

—¿Viste alguno en la vidriera que te guste?

No había visto la vidriera.

—Quiero una toalla grande, para mí.

Me miró como si mirase a un marciano y se metió para adentro
del local. Después trajo una pila.

—Toallones —dijo.

Apoyó en el mostrador uno rosa, que no toqué, otro del color de la tierra, que menos. El último era del violeta oscuro de una botella de vino. Le pasé la mano para acariciarlo y era alto toallón. Lo levanté, pesaba. Me lo probé envolviéndome el cuerpo y me encantó.

No sé qué le habrá caído peor, si mis manos llenas de tierra o la pila de billetes atados con una gomita que saqué del bolsillo del pantalón, pero me dijo, como con asco, «viene con esta toalla». La toalla mucho no me importaba, pero le dije «bueno» y la chica soltó un precio que me pareció bien. Desaté el fajo de billetes y empecé a contar. Me veía las manos con tierra pero no me daba vergüenza. Solo pensaba en pagar e irme. Cuando terminé, le pasé la plata a la chica, que se llevó todo para adentro de nuevo y después reapareció trayendo una bolsa grande con un moño rosa. Primero odié la bolsa, pero después pensé que era un regalo, el primer regalo que me hacía con mi plata, y me gustó. Quise estar ya en mi casa, bañarme y limpiar con agua bien caliente la mugre y la tristeza de mi cuerpo y envolverlo con ese toallón que iba a ser mío.

Ezequiel me estaba esperando afuera. Miró la bolsa y sonrió, pero por suerte no dijo nada. Nos pusimos a caminar hacia el auto. Yo iba con la vista baja, pero algo me llamó la atención.

Levanté la cabeza, apenas, y leí «herrero», y después un nombre, «Francisco», y un número de teléfono, todo dibujado con hierros retorcidos que formaban una reja apoyada contra una

pared gris. Era una casita gris, del color de los materiales secos, pero el hierro la hacía diferente de las demás. Por un segundo imaginé a un hombre con un soldador y uno de esos cascos que tapan toda la cabeza y hacen que el fuego no entre en los ojos. Arriba de la reja, colgado de la pared, había otro mensaje, escrito con la crueldad del hierro: CARGA TU CRUZ.

El corazón me pegó una piña desde adentro. Sentí como si una mano invisible, de hombre fuerte, apretara mi cuello para asfixiarme.

Me clavé a la vereda para mirar todo junto el frente de la casa. Leí:

CARGA TU CRUZ

QUE YO CARGARÉ LA MÍA.

No me salían las palabras.

Donde la fuerza del metal se pegaba al gris de las paredes una puerta empezó a abrirse. Era tan vieja la madera, que se trababa. Una mano la empujó para que se abriera justo lo necesario para salir. Apareció un hombre viejo arrastrando una estructura de metal que llevó hasta lo que parecía la entrada de un garaje. Era él. Después de dejar la estructura, el hombre se frenó para recuperarse del esfuerzo, levantó la vista y nos vio. Nos separaba una reja de hierro, pero igual me miró primero a mí y después a Ezequiel. A él le sonrió, apenas, y enseguida se dio vuelta para meterse de nuevo por la puerta y encerrarse. Su mano empujó la madera

con un sacudón profundo. La estructura tenía colgado algo, un precio quizás, pero no llegué a leer. Mis ojos quedaron clavados en la puerta. Pensé que iba a volver a salir, que habría ido a buscar otro trabajo. Pensar en verlo de nuevo me dio pánico.

Todo se me hizo imposible, como en un sueño. Dejé de mirar la puerta de madera a través de las rejas y lo miré a Ezequiel. Levanté el brazo, señalé hacia la puerta y recién entonces pude hablar:

—Acá adentro está María.

No imaginé que estuviera armado, pero lo último que vi fue a Ezequiel hablando por el celular con un arma en la mano. Sin darme cuenta había estado días dando vueltas en auto con un tipo y su fierro. Apreté tanto la bolsa con las toallas que el moño cayó al suelo. Lo pisé, y la mugre de mis zapatillas volvió el moño rosa del color del barro. Di unos pasos hacia atrás y miré a Ezequiel. Él no me miraba, como si ahora que le había dado lo que había estado buscando ya no existiera para él. Y encima frente a la casa de un viejo que se había robado a una chica.

Di unos pasos más hacia atrás, los suficientes para bajar de la vereda. Quería volver a mi casa. Ezequiel habló más fuerte por el teléfono. Movía la mano que sostenía el celu con la misma naturalidad con la que movía el fierro.

Como casi nunca salía de mi barrio, sola yo no sabía volver a mi casa. Me había dejado llevar para ayudar a una tipa que no conocía y a un tipo armado. Me di vuelta y empecé a caminar. Caminé cada vez más rápido. Cuando escuché que Ezequiel me estaba llamando, comencé a correr. Las diez cuadras desde esa esquina hasta encontrar la casa de María las hice en el aire. No

pensaba en Ezequiel, ni en los otros yutas, ni en lo que estaba por pasar. Solo en mi casa y en que quería volver.

La mamá de María abrió la puerta y al verme así, toda transpirada y sin poder respirar, se me vino encima. Me dio miedo. Abrí la boca. Traté de hablar, de decir algo, de explicarle lo imposible, pero no hizo falta. Las sirenas de un montón de patrulleros que pasaron por la calle a toda velocidad me taparon la voz, que nunca salió. En segundos la madre de María ya no estaba enfrente mío, sacudiéndome para que dijera algo, sino que corría por la vereda siguiendo a los patrulleros.

Las puertas de los vecinos también empezaban a abrirse. Salían a ver qué estaba pasando. Yo entré, aprovechando que la mujer había dejado la puerta abierta.

Cuando Ezequiel volvió, era de noche. Tenía un golpe en la cara. Había sangrado pero su sangre ya estaba seca. Lo vi entrar y no dije nada. Llegó solo, sin la mamá de María. Había estado horas esperándolo. De los nervios no había podido ni sentarme. Me dolía la cabeza y el estómago era un fuego. Se me acercó, en silencio, y me sorprendió que se acercara tanto. Me abrazó. Sentí el choque contra su cuerpo.

—Gracias —dijo Ezequiel—. María está viva.

Se quedó abrazándome un rato largo. No me podía mover ni decir nada. Tampoco quería. Así todo estaba perfecto. El abrazo me curaba el cuerpo. Ya no me dolía el estómago ni la cabeza. No tenía miedo. Nada. No sé cuánto estuvimos. Ezequiel dijo gracias

de nuevo y, antes de soltarme, me pareció que me olía el pelo. No sé por qué, lo único que se me ocurrió pensar fue que no era mucho mayor que mi hermano. Debía tener la misma edad.

—Vamos a tu casa. Te llevo —dijo, y yo fui hasta la cocina a agarrar mi bolsa con las toallas.

Las noches en que lograba dormir de corrido, la seño Ana volvía.

Abajo del cartel donde la habían encontrado, sobre la tierra electrizada por la luz rancia que geden los huesos al volverse polvo, la seño Ana se pudría en mi sueño como se descompone la carne de un perro muerto en la ruta. Sus huesos no eran mansos como animalitos domésticos, me buscaban, volvían furiosos con la energía devastadora del que persigue justicia.

No sé por qué esa noche la veía así, como a una muerta a la que le brillaban los restos, si la policía había encontrado su cuerpo cuando yo era chica y se lo había llevado.

Me froté los ojos.

Ahí estaba Ana de nuevo:

—¿Ya me olvidaste? ¿Cuándo volvés, mi chiquita, a tragar tierra por mí?

Nunca me animé a tragar tierra de abajo de la carne de la seño Ana aunque supiera el lugar exacto en donde quedó. Prefería recordarla perfecta, limpia como el guardapolvo que se secaba en la soga de mi casa, al sol de esas mañanas a las que no podía volver.

Ana abrió la boca. A su cara le pegó el tiempo. Su bronca por los que la mataron me dolía, me tiraba hacia el centro de mi noche, me forzaba a no despertar.

—Estoy acá, Cometierra, abajo. ¿Cuándo venís a tragar tierra por mí?

PASARON UNOS DIEZ días y la madre de María volvió a mi casa. No estaba mi hermano ni Ezequiel, que a veces venía a verme y a contarme cosas de María: que se iba curando, que no estaba tan triste, que ya decía que iba a volver a la escuela de enfermeras de nuevo. También del viejo, preso, y de los vecinos, que habían tratado de prenderle fuego la casa. Solo estaba conmigo la chica del Walter que, cuando no estudiaba, no hacía nada, como yo. A veces quería preguntarle si tenía ganas de jugar a la Play conmigo, pero me daba vergüenza. Así que ponía música y ella se acercaba a escuchar. Otras veces leía y repetía cosas en voz baja de una carpeta negra toda escrita con Liquid. *Awante les pibis* decía grande en la tapa y eso me hacía pensar que ella sí debía tener amigas.

Una vez le pregunté qué estaba estudiando y me dijo que algo de Historia para dar la previa. Me leyó un rato. Leyó un montón de cosas y yo la escuchaba porque me gustaba oírla hablándome. La chica del Walter tenía ahora un tapado negro tan finito como el otro. Se debía cagar de frío igual que yo, pero le quedaba hermoso. El pelo largo, con ondas grandes, era la combinación perfecta para la tela oscura y su boca roja diciendo que había habido unos

pueblos que para lo único que abandonaban la tierra donde vivían y trabajaban era para ir a la guerra a matar o morir.

En la parte de atrás del pelo se le habían empezado a hacer nudos. Se los había descubierto la semana anterior y ahora tenía un nudo enorme. Estábamos sin champú ni nada y hacía días que nos lavábamos la cabeza con el mismo jabón blanco que usábamos para lavar la ropa.

Pensé en Walter encerrándose con ella en la pieza, en las revolcadas que le estropearían el pelo refregándolo contra el colchón. Yo nunca lo había tenido así, un pelo precioso. Le dije que iba a comprar algo de comer y salí. La chica del Walter se quedó sentada en el sillón, la carpeta abierta apoyada en sus piernas cruzadas y la cabeza mirando hacia abajo, los ojos enterrados en eso que tenía que estudiar.

Cuando volví con una caja de Patys, unos panes y una crema de enjuague para regalarle, me encontré con la madre de María, que me estaba esperando en la reja de entrada. Estaba sola, sin su hija. Lo agradecí para mí misma. Le hice un saludo con la cabeza, que la mujer respondió con un pestañeo. Abrí el candado, empujé la reja y entramos en la casa. La chica del Walter se había quedado dormida hecha un ovillo en mi sillón. La carpeta cerrada a un costado del cuerpo.

—Tomá —le dije con voz fuerte.

Cuando se despertó, le di la crema de enjuague, un pote enorme que me había salido como doscientos pesos. Dejé la bolsa con los Patys y el pan arriba de la mesa del living. Ella sonrió al recibir

el pote, pero no dijo nada. Sacó un atado del bolsillo del tapado y se puso a fumar en el sillón. Me encantó que se quedara ahí conmigo. Si la vieja hubiera dicho que yo era la capa de todos los narcos o de una red de trata, ella iba a seguir fumando ahí, al lado mío, mirando los dibujos del humo en el aire, como si le diese lo mismo.

Pero la mujer se quedó de pie, cerca de la puerta, y solo dijo «gracias». De tan tranquila parecía otra persona. Algo en sus ojos me decía que había vuelto a dormir. Sacó un fajo de billetes de la cartera, esta vez más chico que el anterior, y me lo ofreció. Me acordé de las horas que había pasado esperando en su casa mientras rescataban a María. Todo limpio y acomodado salvo la mesa del comedor, que tenía cientos y cientos de fotos de la hija. Esa vez le dije que no. La mujer guardó el fajo en la cartera sin insistir. Me volvió a decir gracias, como si no supiera qué otra cosa hacer. Yo le di la mano y, cuando me la agarró, sí pareció que se iba a poner a llorar. Me dio pena. No sé si por ella, o por lo que le habían hecho a María, o por mi mamá, o por la Florensia, o por la novia del Walter, o por mí. Lástima de todas juntas. Una tristeza enorme.

La acompañé hasta la reja. Le di un beso como pude y ella se alejó por la vereda de mi casa, como tantos otros, para no volver nunca más.

LA SEÑO ANA era para mí tan hermosa. Yo nunca había visto el cuerpo de una mujer desnuda. Muerta, sí.

Pero como yo había seguido creciendo y la seño Ana no, de a poco nos íbamos acercando a la misma edad.

A veces nos sentábamos y hablábamos.

Nunca le pregunté: «¿Quién te llevó?», porque si en mi sueño Ana estaba viva, yo tenía miedo de que al decirle algo sobre eso también ahí se pudiese morir.

Pero una vez, mientras hablaba sentada al lado mío, me agaché, junté tierra de abajo de ella y probé un poco. Me miró espantada. Dijo que no lo hiciera más porque estaba prohibido. Así había sido siempre ella para nosotros. «Está prohibido subirse al árbol porque te podés caer». «Está prohibido correr porque te podés golpear».

Me reí. Pero después de tragar tierra de sueños y de ver lo poco que había visto, supe que Ana tenía razón, que mejor no, que por algo estaba prohibido.

Había una botella rara, con una tarjeta y un número de teléfono. Aunque era de día y pegaba mucho el sol, cuando la levanté y la leí pensé en una noche larga. Había aparecido hacía unos días junto a la reja de entrada. Tenía el color del agua y la tierra que le habían puesto adentro.

No quise dejarla en el jardín, entre las plantas y las otras botellas. Me la llevé a la pieza y terminé poniéndola al lado de la cama. Me gustaba agitarla, que se mezclara todo y después mirar cómo la tierra quedaba abajo y el agua arriba. Como en un juego de cruzar cosas para que se acomodaran solas. Algo fácil. Algo que a mí no me pasaba nunca.

Pero la tarjeta tenía el nombre de una chica, y sabía bien que ese nombre venía con una historia, y que esa historia ya no iba a gustarme tanto. Si no dejaba la botella en el jardín, en algún momento iba a tener que hacerme cargo: destapar, probar, llamar a ese teléfono como obligada, la mula de alguno. Después sí, podía tirarla o devolverla afuera. Pero estaba el nombre de la chica. El que le había elegido alguien, y ese nombre no me lo olvidaba.

Tuve la botella en la pieza una semana, hasta que decidí que lo mejor iba a ser terminar con eso de una vez, probar y ver qué pasaba. Capaz no pasaba nada. Porque había poca tierra y estaba en el fondo y lo demás era agua. ¿Quién les había dicho que ahora también tragaba agua para ver? Lo único que faltaba.

La agité un poco, la destapé, cerré los ojos con una arcada y tragué, esperando ir de un nombre a una cara borroneada.

Vi a una chica contenta que corría hacia el agua. Mar no era, porque no había arena. Tampoco casas, ranchos, villa alrededor, como en el arroyo. Vi mucho verde y la piba metiéndose en el agua con una sonrisa. Pero la sonrisa se enturbiaba, como borracha, y su cuerpo se desesperaba a medida que se hundía, quería volver. Manos, brazos, piernas peleaban por escapar del agua. Lo que se perdía era aire y quedaba ella, la chica, en el fondo del agua, que a fuerza de tocarla toda la iba borrando de mis ojos. Antes de volver a abrirlos, porque me dolían, pensé que la noche y el fondo del agua se parecían bastante.

—No pensé que ibas a llamarme —me dijo el flaco desde el otro lado del teléfono.

—¿Dónde es? —le pregunté.

Se quedó en silencio, como si no se lo hubiese esperado, y después arrancó a decirme que vivía por Congreso, que si yo quería me venía a buscar, así no hacía tanto viaje. Lo corté:

—Flaco, ¿dónde es que quedó tu novia? —Como no respondía, agregué—: Además, yo de mi casa no me muevo.

Rápido el flaco, no tardó ni dos horas en venir. Sentado en el sillón de la salita de atender, me contó.

—Paraná de las Palmas y Paraná Miní, en Tigre.

Dijo que ellos conocían muy bien ese lugar, que iban desde hacía tres veranos y lo sentían como propio, y que eso los perdió, porque ella después de tirarse al río no volvió nunca. Dijo que su novia, con el tiempo, quería quedarse a vivir ahí. Me habló de lo hermoso que era el río, tan ancho que los árboles crecían desde el agua. Dijo que a la chica la buscaron desde los pocos vecinos que vivían en la isla hasta los policías y los buzos tácticos.

Yo debo haber puesto cara de no entender nada porque ahí el flaco me explicó que los buzos tácticos eran unos tipos que nadaban por el fondo del río intentando encontrar un cuerpo tocando más que viendo. Me dio tristeza pensar en las manos de un cuerpo vivo estirándose para tocar algo de la chica que yo había visto sonreír y saltar. Por ahí tenía que ir hasta allá, porque ya había probado la tierra y el agua que me había traído. Daba lo mismo que me trajera otra botella.

—Necesito ver el lugar de donde saltó tu novia. Mi hermano tiene moto y me puede llevar.

—No alcanza una moto para ir. Es una isla, necesitás hacer una parte del camino en lancha.

Me acomodé en la silla, con el cuerpo tirado hacia atrás, y lo miré callada. Me estaba arrepintiendo de haberle dicho que sí tan rápido. Él, como si lo adivinara, dijo:

—Está la lancha colectiva, lleva un montón de gente, no tenés que ir sola.

El flaco se habrá quedado una hora más contándome cosas y tratando de convencerme. Después se fue, medio de capa caída, con la sensación de que la visita no le había servido para nada.

Después cayó mi hermano a buscar unas herramientas y me vio sola, con la pierna colgando del apoyabrazos del sillón y mirándome el pie desnudo. Me preguntó qué hacía tan echada. Le contesté que andaba así porque no sabía cómo hacer para que el río devolviera algo. Que con lo que me había dicho la tierra no

alcanzaba. Él me miró y me dijo que por qué no me iba hasta lo de las maes. Y se fue al taller.

No estaba tan mal lo que me había tirado el Walter, pensé. Me vendría bien preguntar, aprender. Miré la botella, que estaba al pie de la silla, el celu al lado, cerré los ojos para volver a ver a la chica sonriente. ¿Qué podía hacer para que volviera?

Después agarré el celular y lo llamé a Ezequiel.

ERA UNA CASA toda blanca.

—Cambiá la cara, nena —dijeron unos labios pintados de rojo, y fue como si una de esas figuras que hay en las santerías caminara descalza hacia mí—. Vos también sos una bruja.

Y se rio. Era una mujer de unos cincuenta años y pelo negro, con un cuerpo enorme, como si algún poder terrible necesitara de su carne fuerte para ranchar cómodo. Un collar de mostacillas de muchos colores bajaba por su vestido blanco y lo partía en dos. El pelo, casi tan largo como el mío, se movía acompañando las fuerzas de sus caderas.

Adentro sofocaba el calor de las velas y un humo espeso parecido al de los sahumerios. La puerta se cerró detrás mío. En una de las paredes, unas mujeres pintadas caminaban de espaldas hacia el agua, alejándose, y a su paso dejaban huellas doradas en la arena. Parecían diosas y eso me gustó. Me las quedé mirando y, no sé por qué, pensé en mi cuerpo e imaginé esos vestidos en mí. Me hizo gracia. Yo, de tan flacucha, no era para esas diosas.

Aunque no veía ni escuchaba a nadie más, supe que la mina no estaba sola. Traté de no parecer asustada. Se me vino la voz del flaco cuando me había dicho:

—En vez de buscarla a ella, como hacía antes todas las tardes a la salida del colegio, me vi siguiendo la corriente de un río.

Tomé fuerza y miré a la tipa de frente. Ella sonrió y me dijo:

—Soy la mae Sandra, ¿a qué venís?

EL FLACO NOS indicó el camino. Lo escuché hablar, explicarle a Ezequiel cómo llegar y mencionarle un montón de lugares de los que no tenía ni idea. Cuando terminó, Ezequiel me hizo una seña para que subiéramos al auto. Nos despedimos del flaco y arrancamos.

«Tigre», íbamos a Tigre, me gustaba ese nombre. En cambio la palabra «isla» no, no me gustaba para nada: necesitabas de otros para poder irte de una isla.

Atravesamos la ciudad en silencio y salimos a la ruta. Se ve que Ezequiel se dio cuenta de que yo estaba nerviosa, porque me dijo que pusiera música, si tenía ganas, que hoy se bancaba cualquier cosa que yo quisiera. Me hizo reír.

—¿Lo que yo quiera?

Puse una radio de cumbia y aunque tratara de caretearla se notaba que la música le parecía una tortura. Yo me puse a mirar por la ventanilla. Me empezó a dar sueño, pero no podía despegar los ojos del camino.

—Tenés que ir porque el río pide un cuerpo —me había dicho la mae—. El viaje va a ser bueno, la llegada no. Fuerzas en

contra no quieren recibirte. Te esperan, pero vos tranquila. Lo vas a hacer bien.

La mae me miró, vi algo en sus ojos, ya no se reía. El rato que se quedó callada no me gustó. Sentía que me buscaba algo adentro. Después me apoyó la mano en la cabeza, aunque yo la tirara para atrás. Me la atrapó debajo de su palma como a un bicho y ya no pude moverme. Pasó un rato, no sé cuánto fue, y me soltó, sonriendo apenas. Yo estaba muy cansada, como si el momento ese sin palabras hubiera durado un montón de tiempo, pero no, no había sido mucho, y tampoco entendí qué había pasado. Pero sé que algo pasó.

Ezequiel iba callado, mirando fijo hacia adelante. Cuanto más rápido íbamos, más sueño me daba. Recliné el asiento y me tiré hacia atrás. Ahora solo veía el techo del auto, la ventanilla y el cielo, y algunas nubes que se movían lentas a lo lejos.

Me pregunté si desde arriba algo también nos estaba mirando a nosotros, como me había dicho la mae.

En algún momento, me quedé dormida.

Cuando desperté, Ezequiel estaba fumando con la ventanilla baja. Tardé un poco en caer: el auto estaba estacionado. Bajé mi ventanilla y entró un olor fuerte, como de tierra mojada. O más que eso, olor a agua. Teníamos que empezar el viaje en lancha.

Salimos. Ezequiel cerró el auto y yo miré hacia el río. Un viento frío soplaba desde la orilla como si quisiera echarnos. Te hacía doler los labios. De todas formas, era imposible dejar de mirar hacia el agua.

La lancha no era lo que había imaginado. Parecía más bien uno de esos bondis truchos que te llevan a La Salada, pero tirado al agua. Ezequiel me llamó. Ya teníamos que subirnos. La lancha esperaba. «Está bien, no me importa, que siga esperando», pensé yo, pero subimos y nos sentamos junto a una ventanilla, uno frente al otro. Estaba llena de gente. Poco después arrancó.

Me gustaba el verde, pero tanto cansaba un poco. Trataba de mirar las islas por las que estábamos pasando pero mis ojos se iban hacia Ezequiel. Llevaba anteojos negros. Mientras él miraba el paisaje, yo lo miraba a él. El pelo, los anteojos, la nariz, la boca, el cuello, hasta la camisa que tenía puesta. Me encantaba. Qué estúpida había sido, pensé. Tendría que haberle preguntado a la mae qué onda con ese chabón. Me reí sola.

Él me preguntó qué pasaba. Hice «qué sé yo» con los hombros y me acerqué un poco más a él. Le vi los ojos a través de los vidrios oscuros y después, en la boca, una sonrisa enorme. Pasamos el resto del viaje mirándonos. Podía oler el mismo perfume que la vez que me había llevado en su auto. La boca se me llenaba de saliva.

Una media hora después ya estábamos en la isla en donde teníamos que bajarnos.

—Llegamos —dijo Ezequiel y se levantó del asiento.

Cruzamos por unas tablas de madera hasta pisar la tierra de nuevo. Agradecí volver a sentir terreno firme bajo mis pies. La lancha arrancó y nos quedamos solos. Ezequiel se alejó, no me di cuenta hacia dónde, y yo me quedé colgada en la orilla mirando

el río, con esa idea estúpida de que mirándolo iba a saber algo. Lo miraba sin poder retener nada. El río cambia todo el tiempo.

Sentí que me llamaban. Era Ezequiel, me hacía señas, pero me di vuelta hacia el agua y empecé a caminar por el borde de la isla. La tierra tan negra, tapada de pasto, se dejaba ver solo en los bordes, mezclada con raíces que parecían gusanos. Aunque parezca raro, me dio pena saber que no iba a probarla. No había ido a eso. Lo que había pasado ahí yo ya lo sabía.

Caminaba tratando de imaginar el lugar donde se había tirado la piba, pero Ezequiel seguía llamándome y haciéndome señas desde un claro entre árboles y unas plantas de hojas enormes, así que me puse a caminar para ese lado. A medida que me acercaba, esquivando ramas y arbustos, fueron apareciendo las cabañas. Estaban sostenidas en el aire por unos palos enormes. Me hicieron acordar a las que hay al costado del arroyo, solo que chetas.

Cuando llegué, me paré delante de él y, sin darle tiempo siquiera a abrir la boca, le pregunté:

—¿Sabés nadar?

Ezequiel se rio. Me dijo que sabía nadar, porque en la escuela de ratis era obligatorio hacer un curso. Me gustó que dijera así, «ratis», para mí. Y yo pensé que cuando estábamos solos él no parecía uno de ellos.

HACÍA UN RATO que esperábamos al novio de la piba, que todavía no había llegado. Yo necesitaba que me mostrara el lugar exacto en el que la chica se había hundido.

Ezequiel hacía de cuenta que no pasaba nada, pero se fumaba un cigarrillo atrás de otro. Mientras iba oscureciendo, los bichos se escuchaban cada vez más y el aire empezaba a enfriarse.

Nos sentamos en el suelo de madera que rodeaba la cabaña. Ezequiel volvió a decir que el novio de la chica estaba por caer. Aunque no contesté, sentí que íbamos a pasar la noche ahí. Ya era tarde para que el flaco apareciera. Me dieron ganas de tomar una birra. Le pregunté a Ezequiel si podía conseguir una y me dijo que estaba pensando en lo mismo, pero que no daba.

—¿Que no da qué? Quiero una birra —le contesté, y él me miró a los ojos, sonriendo con una sonrisa nueva, como de más zarpadito, y dijo que iba a buscar una y volvía enseguida.

Me quedé un rato haciendo nada recostada en la madera, mirando el cielo y los árboles, escuchando los bichos, que ya estaban por todos lados. Seguí con la mirada a uno de antenas raras que recorrió lentamente la tabla en dirección a mi zapatilla blanca. No

me gustaban los bichos. Me levanté el escote de la remera y me olí. Eso sí me gustaba. Me había bañado a la mañana, me la había visto venir.

Tuve frío y entré en la cabaña. La cama estaba tendida en el medio de la habitación. Era una cama enorme, con sábanas hermosas y una manta del color del ladrillo cuando está desnudo. Me senté en el borde, mirando la puerta por la que tenía que entrar Ezequiel con la birra. Me crucé de piernas y comencé a desatarme el cordón de la zapatilla.

Cuando volvió, primero me acarició la cabeza. Yo se la corrí.

—No te hagas el bueno —le dije y nos reímos los dos.

Ezequiel dejó su abrigo en una silla al costado de la cama. Me pasó la botella de cerveza y yo, para tomar, me senté y me tapé el cuerpo desnudo con el cobertor. Nos miramos. Yo no quería sonreír. No quería hacérsela tan fácil. Se quitó el pulóver que tenía arriba de la camisa y se acercó de nuevo. No le pasé la birra. La agarró y tomó un trago largo y después la apoyó en la mesita al lado de la cama. Al hacerlo, la botella chocó con la lámpara y la única luz del cuarto parpadeó un segundo. Justo en ese momento sentí la mano de Ezequiel que me agarraba de atrás de la cabeza y me daba un beso con gusto a cerveza.

Su mano en mi pelo presionó para empujarme hacia él, mientras me acercaba a su cuerpo tocándome la cintura desnuda. La mano me pareció áspera, o quizás yo la sentía así mareada como estaba por el beso de labios suaves y alcohol. Nada de su cuerpo

me soltaba. Me dejé arrastrar hacia él. Tenía la ropa fría. Yo ni la tanga me había dejado, así que traté de sacarle la camisa, pero en la posición en que estábamos era imposible.

Nos soltamos la boca. Nos reímos más.

Ezequiel se quitó la camisa rapidísimo y su mano volvió a tirar del nacimiento de mi pelo. Me recliné un poco, apoyándome en los codos, y él volvió a reírse. Con la mano libre, se desabrochó el cinturón, bajó el cierre del pantalón y se lo quitó. La otra mano se cerró en mi nuca. No me podía mover. Tiró de mí. Sacó su pija por encima del bóxer y me la acercó a la boca. Me dejé llevar a un beso tan suave como si lo que besaba fuese una lengua. Le bajé el bóxer del todo. La piel que tocaba me gustaba. Podía apretarla con los labios mientras la pija jugaba en mi boca y se iba hundiendo. Ezequiel me miró chupar y yo también lo miré a él. Me agarró la cabeza con las dos manos. Mantuvo un rato la presión, hasta que en un movimiento sacó su pija de mi boca y sus manos buscaron mi cadera. Me llevó hacia él.

Yo me tendí y abrí las piernas. Ezequiel besó mis tetas, que son del tamaño de un puño cerrado. Después, sin apartar su boca de mi pecho, bajó una de las manos hasta mi concha. Me acarició. Sentí sus dedos hirviendo. Me fui mojando. Él siguió un poco más, después llevó la mano de nuevo a mis caderas.

Una mano seca y la otra mojada me agarraban firmes. Quería verlo cuando entrara. Quería acariciar su espalda que estaba encima de mi cuerpo. Ezequiel se tomó un tiempo para mirarme a los ojos. Después, sus ojos se fueron perdiendo, y los míos también.

No lo vi empujar, meterse, presionar contra mí, agarrarme fuerte con las dos manos el culo y empujar de nuevo.

Con los ojos cerrados, nos podía escuchar, sentir el instante en que Ezequiel sacó su mano húmeda del comienzo de mi culo y la metió en mi boca mientras su cuerpo empujaba y se sacudía violento como si hubiese perdido el control. Sentí enloquecer mi corazón y yo también me apreté con fuerza a él. Algo, desde adentro, se volcaba y en sus dedos contra mi lengua sentí el sabor de mi cuerpo.

ERA TEMPRANO, PERO hacía rato que ya había amanecido y el sol se dejaba ver entero.

Todos me habían hablado de la belleza de esas islas, de la vegetación, de lo inmenso del río. Pero a mí el lugar me olía a encierro. A agua estancada.

El río, empacado, no la quería devolver. La escondía como la noche a los bichos.

Ya sabíamos el lugar exacto desde donde había saltado la chica. El novio había aparecido temprano en la lancha colectiva. Llegó, nos señaló el lugar y se fue tan rápido como pudo, como si no tuviera ganas de quedarse ahí un minuto más.

Nos volvimos a quedar solos, Ezequiel, el río y yo. Ahora andábamos los tres para el mismo lado, estudiándonos los pasos.

«Te quiero», me había dicho Ezequiel la noche anterior. Yo tenía el pelo tapándome la cara, y su pija adentro de mí, y no le contesté nada.

Pero ahora caminaba hacia el borde de la isla, pensando en la chica. Ezequiel se había quedado atrás, me seguía con la vista, en silencio, como dejándome hacer.

Apuré el paso. No esperaba que las cosas salieran mal. No pensaba en después.

«Es solo una cosa por otra», me había dicho la mae Sandra.

Me di vuelta, lo miré, y algo en mí lo hizo reaccionar y empezar a seguirme.

Era solo una cosa por otra, sí, pero ese río de mierda no quería flores, ni sangre, ni velas encendidas. Pedía otra cosa.

Si lo pensaba me daba mucho miedo, entonces no lo pensaba. Dejé que mi cuerpo guiara. Solo esperaba que Ezequiel de verdad supiera nadar.

Una cosa por otra. Recuperar lo que quedaba de la chica iba a terminar siendo como ir al kiosco, entregar billetes para recibir algo a cambio.

Me dio bronca.

Me di vuelta por última vez, para confirmar que Ezequiel siguiera pisando mis pasos, y ya no lo pensé más. Corrí, di un salto y me tiré al río.

FUE COMO UN trance, algo me llevó. No sé cuánto duró ni qué pasó bien, porque fue como ir quedándome dormida en el fondo del agua. Dormir ahí, sentir el agua dulce entrando como una droga en mi cuerpo me gustaba, pero él me sacó.

Cuando desperté, estaba en una cama. No era la mía, ni la de la cabaña, ni la de ningún lugar que reconociera. Ezequiel estaba conmigo. Al principio no le hablé, ni lo miré, pero sabía que estaba ahí. Podía olerlo. Sentirlo moverse tratando de no hacer ruido. No era cualquier rati, era el rati que me cuidaba a mí.

Me quedé quieta, ojos cerrados. Las sábanas eran duras, raspaban como un cartón contra mis piernas, más dormidas que yo. Abajo del agua no me habían servido de nada. Todavía no quería que me hablaran. Sentía, a través de los párpados, la luz. Una luz para enfermos.

Me quería ir de ese lugar de mierda.

Ezequiel me sacó. Me salvó. Yo ahora quería saber qué había pasado con la chica del agua. Si había alguna noticia. Pero no quería abrir los ojos, la boca menos. En mi cabeza todavía estaba el ruido del agua y el frío que lastimaba tanto.

Abrí los ojos, la luz de nuevo. Ezequiel me vio, se acercó, me apoyó la mano en el brazo. Quise decirle que estaba bien, que mejor nos fuéramos de ese lugar horrible, que quería volver a mi casa, pero sobre todo que lo quería a él, pero no me salía nada.

—Ya pasó todo —me tranquilizó—. El cuerpo apareció esta mañana. Ahogada.

«Ahogada», dijo, y volvió el frío.

Ya no traté de hablar. Me aflojé, dejé caer la cabeza en la almohada. Cerré los ojos. Ahogada. Era todo cierto. Me pareció poco. Me dio bronca. Ahogada.

DESPUÉS DE QUE comí tierra de su sueño, Ana se puso rara. Desconfiaba de mí. Yo trataba de hablarle como siempre, pero no era lo mismo. Había silencio. Ella miraba todo lo que hacía yo y a mí me parecía que me controlaba porque tenía miedo de que volviera a probar tierra.

Una vez me dijo:

—Yo sé que te tiraste al río y estaba prohibido.

Parecía enojada. Esperaba que yo dijera algo y, como no supe qué contestarle, me quedé callada mirando al suelo.

Ella se me vino encima, me agarró de la mano y me llevó tironeando por un lugar nuevo. No conocía ese camino hasta que vi el cartel: CORRALÓN PANDA.

Pensé que nos íbamos a parar ahí, donde la encontraron a ella, desnuda, su cuerpo abierto como una ranita estaqueada contra la tierra, pero no. Seguimos hasta el galpón, unos metros más allá.

Había una puerta y, del susto, empecé a rezar para que estuviese cerrada. Ana empujó y la puerta se abrió.

Yo no quería entrar. Nunca antes había tenido tanto miedo en un sueño. Quería despertarme pero no podía.

Ana parecía poseída. Le supliqué que me soltara, pero tiró de mí hasta que hizo que me parara en la puerta. Me pidió que me asomara y yo miré hacia adentro. Vi una mano con un cuchillo. El corazón me pegó un sacudón. Temblaba tanto que tuve que apoyarme en el marco de la puerta. Aunque cerré los ojos, igual vi la mano de un hombre, las venas marcadas, sosteniendo un cuchillo que apuntaba hacia mi hermano.

Me puse a llorar. Quería suplicarle a Ana que parara todo pero no pude hablar. Me pareció que si nos quedábamos un momento más iban a acuchillar al Walter.

—Venir a lo de Tito el Panda está prohibido, ¿entendiste?

Cuando me desperté, me dolían las muñecas como si hubiera estado esposada.

CAMINABA LA PRIMERA cuadra de las siete que tenía hasta la estación de tren. Era temprano todavía. En las casitas se veía ropa colgada, que la gente se había olvidado de entrar y el rocío de la mañana había mojado. A mi vieja no le gustaba que anduviéramos tan temprano. Decía que había tipos que todavía estaban de gira de la noche anterior y que esos eran los peores.

El día anterior me habían dejado una botella con la fotocopia de un pibito sonriente. Decía «Dypi», había una dirección y un teléfono y preguntaban si alguien lo había visto. Algo en la sonrisa me decía que estaba vivo, así que, en vez de tragar tierra, preferí ir a verlos.

Cuando salí de casa no parecía que fuera a llover. Todavía no caía ni una gota, pero el cielo se estaba oscureciendo. Apuré el paso y llegué hasta la esquina. Me faltaba una cuadra, tomar la diagonal y cortar camino por ahí. Podría haber tomado la paralela, por la que se tardaba menos porque se abría, pero no me gustaba: en esa calle tiraban gallos muertos.

A esos gallos los tenía grabados. Al principio los ponían en la esquina, con velas rojas, maíz y todo un show, pero después

habían empezado a revolearlos en bolsas negras que no llegaban a taparlos y obligaban a ver: las patas secas o alguna cresta que se asomaba, que me hacían pensar en hojas arrancadas de malvón.

Al tomar la diagonal todo se animaba y al final empezaba la cuadra de los palos borrachos. Los palos borrachos me flasheaban desde pendeja, cuando chapaleábamos en el barro después de una tormenta y el suelo era una alfombra de flores rosas que encendían el barro y lo hacían algo hermoso para mi hermano y para mí.

Casi llegando a la barrera se largó con todo. Aceleré oliendo ya la tierra mojada. Pasé el puesto de tortillas, la tabla, los caballetes y un banco encadenados al poste de la luz, porque los días de lluvia no abrían. Me apuré lo más que pude, pero no alcanzó. Me cayó la ficha: por más que corriese, al tren no iba a llegar.

Me paré en el cruce. La lluvia era una cortina hermosa. Al otro lado de las vías, detrás de la cortina, vi que se acercaba un flaco con un perro enorme. Estábamos solos: él y su perro de un lado y yo del otro. Empezó a pasar el tren. Los veía en el segundo que tardaba cada vagón en cruzar, un parpadeo entre vagones. Me di cuenta de que el flaco llamaba desesperado al perro. El animal se había adelantado y amagaba con mandarse por abajo del tren, y el flaco, a los gritos, trataba de hacerlo volver, pero el perro no le daba ni cinco.

«No va a cruzar —pensé—. Tiene que darse cuenta de que no puede mandarse».

Terminó de pasar otro vagón y el perro seguía intentándolo. El flaquito se había acercado lo máximo posible sin que lo chupara el tren. El perro no aflojaba. Esperaba el momento justo.

«No va a cruzar», pensé.

Pero no bien pasó otro más, el animal vio que había un espacio grande y se mandó.

Creo que no llegó a meter ni la mitad del cuerpo cuando lo agarró. El perro tardó solo un grito en morir. El tren lo dejó revoleado unos metros hacia la derecha en las vías.

Esperé a que terminara de pasar el tren y crucé. El flaco se arrodilló junto al animal, que tenía la cabeza girada como una lechuza entre las piedras. No se veía sangre, pero el pelo parecía algodón deshecho. Debía haber sido un perro hermoso.

—¿Por qué te quisiste morir? —le decía el pibe.

Llovía tanto que me dio miedo de que el pibe, en el estado en que estaba, no viera venir otro tren. Yo me tenía que ir. No tenía tiempo.

—Flaco, ya está, lo agarró el tren —le dije en mi último intento de que se levantara, pero el pibe siguió como si nada:

—¿Por qué te quisiste morir?

Me fui caminando bajo la lluvia, que a esa altura me había hecho sopa. Llegué a la boletería. Pegada en la pared junto a la ventana de la boletería estaba la fotocopia con la cara del Dypi, que se reía tanto que se le hacían huecos al costado de la boca. Otra vez me pareció que estaba vivo. El hombre detrás del vidrio parecía dormir y no quise despertarlo. «No saco boleto», pensé y caminé hacia el andén.

Lo único bueno que me pasó en ese viaje fue que el tren llegó medio vacío y pude sentarme. Pegué la cabeza contra la ventanilla

y repasé la lista de estaciones. Medí el tiempo entre estación y estación y así calculé la duración del viaje. Puse la alarma en el celu y me dormí.

Pero ni dormida tuve descanso. Soñé que abría la puerta de casa y me adelantaba unos pasos hasta dar con algo perdido entre la mugre de la vereda. Era chico y tenía que agacharme para ver. Un pichoncito caído. Abría la boca, pero no salía ruido. Quería ayudarlo pero no sabía cómo. Solo me quedaba mirándolo. La alarma sonó unos minutos antes de llegar a la estación donde tenía que bajarme.

La lluvia había parado, pero el cielo seguía nublado. Los pibitos jugaban entre charcos en la calle de tierra. Autos no vi. Caminé unas cuadras hasta dar con la dirección que buscaba. Timbre no había y golpeé las manos. Me abrió una chica y le pregunté por la Eloísa. Apareció un hombre, que me hizo sentar.

—Eloísa no está. Tiene que estar por volver.

Al tipo se le cerraban los ojos.

A los costados del terreno había un alambrado como de cancha de fútbol, pero adelante, en la entrada, solo habían puesto tres líneas de alambre flaco entre unos postes. La casita estaba en el medio así que se veía todo. Yo cada tanto relojeaba a ver si venía la doña. Apoyada en uno de los postes había una jaula con un loro. Un loro encerrado es casi un loro muerto. «Mala suerte», pensé. Y el loro, como si me hubiera escuchado, empezó a decir: «Borracho, borracho, andá a dormir».

El viejo se quería matar.

Yo me hacía la que no escuchaba al loro. Giraba la cabeza cada tanto para mirar a un caballo amarillo que comía pasto. Alguna

vez había escuchado que los caballos de ese color tienen un nombre especial, pero nunca me lo acuerdo.

Al rato cayeron dos mujeres.

—La Eloísa está hecha mierda. Vive en la calle buscando a su pibe. La otra vez la vi envuelta en unas bolsas para taparse de la lluvia. La Eloísa se está volviendo loca.

Al costado, el caballo comía pasto como si nada.

Una dijo:

—Tenés que agarrar al que se llevó al pibe.

La otra asentía con la cabeza.

Después se trajeron unos banquitos y se acomodaron con nosotros. No pasó ni media hora que cayó la Eloísa. La mujer entró y se quedó mirándonos. Tanta junta debió parecerle rara. Cargaba unas bolsas muy grandes. Pensé que serían las que usaba para cubrirse de la lluvia, pero no: adentro tenían las fotocopias con la cara del Dipy. Las había estado pegando por el barrio.

La mujer dijo que su pibe faltaba hacía doce días. La policía no le había dado bola. Busqué los ojos de la doña y le dije:

—Señora, yo vine a probar la tierra de su casa.

La piba flaca que seguía la conversación haciéndose la desentendida trajo un platito con tierra que andá a saber de cuándo tenían preparado. Con la punta de los dedos agarré un poco, lo aplasté contra el plato, lo levanté y me lo metí en la boca. Cerré los ojos.

Enseguida vi al Dipy manejando el carro. El caballo amarillo lo llevaba a paso firme, pero al chico le pasaba algo. Se frotaba la

bragueta como los chicos chiquitos cuando tienen que ir al baño y se quedan boludeando hasta no aguantar más.

El Dipy quería hacer pis y se desvió fuera de la ruta, hacia unos árboles. El recreo quiso compartirlo con el caballo: lo desenganchó del carro, le dio primero unas palmaditas en el cuello, después lo acarició con ganas. El animal se le adelantó hacia el pasto. No llegó a dar unos pasos que se frenó en seco. El Dipy se paró y meó. Cuando quiso volver a la ruta, el animal no le respondía. El Dipy rodeó el caballo, para ver qué le pasaba, y justo en ese momento el animal, asustado por algo que había visto, empezó a dar patadas hacia atrás y le dio en la cabeza.

Abrí los ojos, mareada. Lo primero que pensé fue que iban a matar al caballo a palos. No me quería quedar a ver eso.

—Señora, necesito hablar con usted, solas.

La mujer me miró y dijo:

—Salgamos.

Afuera le conté a Eloísa el accidente. No dijo nada, solo miró al animal que el Dipy usaba para salir a hacer su ronda. El caballo pastaba ofreciendo su cuello al sol que empezaba a asomarse. Se lo dije de nuevo: fue un accidente. Eloísa no quería escucharme. En vez de eso, empezó a decir:

—Les voy a decir a las otras mujeres que no dejen ir a los pibes solos. Se los pueden robar.

Mientras hablaba, a la madre del Dipy se le caían las lágrimas.

No quise volver a hablar. Le agarré las manos a la doña, que ni siquiera quería mirarme. Repetía:

—Hay un tipo afuera, se lleva a los chicos que salen solos con el carro.

—Me tengo que ir —le dije.

Saludé rápido a todos y salí del rancho. No le quería decir al abuelo, no le quería decir a nadie. Bajé por la calle de tierra. Saqué mi celu, llamé a Ezequiel y le conté la historia del pibe. Que lo manejara la cana. El Dipy ya estaba muerto. Después le pedí que viniera a mi casa. Necesitaba verlo.

CUANDO EZEQUIEL LLEGÓ, hacía más o menos media hora que lo estaba esperando. Entró, empezó a hablarme, pero yo casi no lo escuchaba.

—¿Qué te pasa? —dijo y me siguió contando cosas, y yo sin poder conectar con la historia que estaba despachando.

Para que entendiera, le toqué la pija por sobre el pantalón y con la otra mano agarré una de las suyas y me la llevé al nacimiento del pelo. Recién en el comienzo de las caricias Ezequiel aflojó y pudo sonreír. Me abrazó, me apretó contra él. Olerlo me encantaba. Estábamos solos en la casa, como si no importase nada más que nosotros dos y los besos que nos dábamos. Me puse a besarle el cuello, besos que pronto se transformaron en lamidas que me dejaron la mente en blanco. Sus manos de repente me soltaron, para desprender el botón de su jean, bajar la bragueta y hacer asomar su pija dura.

Chuparle la pija a Ezequiel era como un juego para mí. Pensaba en un helado mientras le pasaba la lengua y se la besaba. Ezequiel me dejó jugar un rato, hasta que me agarró de los pelos y me puso de pie. Sus manos desabrocharon mi pantalón y lo bajaron

bruscamente, como si me lo arrancaran, y después él me dobló contra el sillón de la salita de atender. Boca abajo, su mano tocó lo que su pija iba a penetrar, me acarició un rato largo, con todo el tiempo del mundo. Más que nada, sentía su calor. Costó un poco cuando empezó a meterse, un momento mínimo de dolor, pero después Ezequiel se estaba moviendo en mí y yo enloquecía.

DOS NOCHES DESPUÉS soñé con Ana. Hacía rato que no venía. Ya pensaba que no iba a soñar más con ella pero ahí estaba otra vez, preguntándome si me había enojado.

No le contesté.

Me dijo que había tardado en venir porque pensó que yo estaba enojada. Le mentí, le dije que me alegraba verla, que no estaba enojada ni nada.

Ahora yo tampoco confiaba en ella. Una vez me había pedido que probara su tierra y después, cuando me animé, se puso loca. Tampoco quería que me tironeara de las muñecas como la última vez. Pero Ana era mi amiga y nunca hubiera querido perderla.

Le dije:

—¿Tomamos cerveza?

—Está prohibido —contestó Ana, abriendo mucho los ojos.

Y las dos nos cagamos de la risa.

Aunque casi siempre me daba cuenta de que era un sueño, nunca le preguntaba: «¿Quién te llevó?», pero lo pensaba cada vez más.

Ella tampoco sacaba el tema, pero yo sentía que se daba cuenta. Me dolía un montón pensar en eso.

Esa vez que había tragado tierra de sueño vi a un tipo arrastrando a Ana de los pelos mientras se oían unas risas insoportables. Todo se llenó de sombras menos ella. El blanco de su cuerpo parecía brillar en una noche oscura y entre las manos oscuras que la arrastraban y le sacaban la ropa. El terror me mordió la columna y no quise seguir viendo. Como ella después me cortó, tampoco le dije nada.

Nos quedamos calladas.

Ana llevaba una cartera chiquitita en el sueño. La miró, después me miró a mí y me dijo que ese día hubiese sido su cumpleaños. Me preguntó si lo sabía y yo le hice que no con la cabeza. Entonces abrió su carterita y sacó una lata de cerveza.

Miré la lata, me pareció una cantidad miserable para nosotras dos, pero ella sonreía tanto que no me importó.

—De cumpleaños —dijo—, permitido.

Y al abrirla, la lata hizo el ruidito ese que me encantaba.

ERA VIERNES A la tarde. Ezequiel estaba de guardia y no iba a venir a visitarme hasta el domingo. Pensar lo que faltaba hasta volver a verlo me parecía algo así como atravesar La Salada con los ojos vendados. Me sentaba en el sillón de la salita de atender, me paraba de nuevo, daba una vuelta, volvía a sentarme. No había forma de quedarme quieta.

El Walter estaba en su pieza con los amigos haciendo la previa antes del Rescate. Desde que la chica de los borcegos había dejado de venir a casa, a mi hermano le encantaba ir a bailar y desaparecer todo el finde. Ese viernes yo no pensaba quedarme sola y encerrada.

Golpearon otra vez la puerta. Dejé el sillón para ir a abrir. Algunos amigos de mi hermano parecían de otro planeta. Llegaban, no decían ni hola, solo: «¿Y el Walter?», «¿Y los jueguito?», y se mandaban de una para la pieza.

Pero cuando abrí, uno de ellos me preguntó si quería un chocolate.

Me reí y le dije que no.

Entonces sacó algo del bolsillo, yo pensé que era el chocolate, pero el pibe me ofreció un finito diciendo:

—¿Querés fumar?

Fumamos sentados en la puerta mirando hacia los yuyos. El papel olía a chocolate y, a medida que se quemaba, echaba un humo dulce. Yo me colgué mirando las plantas. Como ni el Walter ni yo nos habíamos estado ocupando del jardín, la pasionaria daba la impresión de que iba a comerse la casa. La mayoría de las flores ya se habían abierto. Quedaban algunas bochas naranjas. Más allá de las ramas mi barrio se movía como cuando empieza a anochecer, y no me molestó imaginar que si un día Ezequiel, mi hermano y yo nos íbamos a la mierda, la pasionaria iba a tragarse nuestro rancho entero como una planta carnívora.

Una casa también podía morir.

Tardamos en levantarnos y fue como si nos desperezáramos después de dormir. Cruzamos la salita de atender riéndonos. El pibe se metió en la pieza y yo en el baño para mojarme la cara. No quería estar sola. Tenía que hacer el trabajito para que el Walter me dejara ir al Rescate con él. Me pasé la mano todavía húmeda por el pelo tratando de no sonreír más, pero no podía. Tenía la sonrisa tatuada.

Cuando entré en la pieza, el pibe ya estaba sentado en el suelo entre los demás. La pieza estaba llena.

—¿En qué andan? —dije desde la puerta.

El Walter no contestó.

Un flaco que no conocía preguntó:

—¿Qué se toma?

—Ya no hay nada, creo. Pero podemos comprar unas cervezas camino al Rescate. Tengo plata —dije, mirando a mi hermano.

El Walter sacó un segundo los ojos de la Play y me miró.

—Ni lo sueñes —me contestó rapidísimo—. No te llevo ni loco.

Su respuesta me dio bronca. ¡Si pareció que no escuchaba!

Salí de la pieza y fui a la cocina a buscar unos envases. Abrí la heladera por costumbre, más que esperando encontrar algo, y vi que había dos birras. Las saqué y manoteé también un par de chopps del mueble. Caminé de vuelta hacia la pieza de mi hermano haciendo equilibrio con todo. Cuando abrí la puerta empujándola con el pie, una de las botellas se me escapó de las manos y estalló en el suelo.

Aunque contuve la risa, una parte mía se alegró al ver los pedazos de vidrio repartidos por todos lados. Fui a la cocina a buscar las cosas para limpiar y mientras volvía me acordé de mi mamá. A mi mamá le encantaban los animalitos de vidrio fundido, que compraba por dos mangos en cualquier feria. Mi viejo veía que esos bichos de colores iban llenando primero la parte de arriba de la heladera y después el resto de la casa y empezó a ponerse pesado. Le decía a mi mamá que para qué gastaba en esas porquerías. Hasta que una vez le pintó la locura y los rompió todos. Al otro día, mi vieja fue juntando los pedazos y rearmó todos los animalitos pegándolos con Poxirán. A veces yo me los quedaba mirando. Ya no eran transparentes y el color marrón del pegamento hacía que quedasen oscuros, como animales monstruosos.

Si romper una botella me causaba tanta gracia era porque también soy su hija, pensé, mientras tiraba los pedazos de vidrio en el tacho. El Walter se apareció solo en la cocina.

—Hermanita —me llamó, poniéndome la mano en el hombro—. Mejor nos vamos.

EL RESCATE ESTABA que explotaba.

Para que no se volcaran, las pibas y los pibes se pasaban los vasos descartables de un litro de cerveza con las manos en alto como si fueran soles. El piso temblaba sacudido al ritmo de las minifaldas. No bien llegamos, el Walter se perdió entre ellas como un zombi. Pensé que era la música, pero no. Sus ojos estaban perdidos en el color de las polleras.

No solo el amor acelera el ritmo cardíaco, también la música.

Todos se sonreían, se buscaban. Todos se tocaban y bailaban. Subía el humo del cigarrillo mezclado con otro que parecía salir de los cuerpos y escaparse hasta las luces del techo.

No esperaba encontrar a nadie. Mientras miraba a tantos abrazarse y festejar, me terminé topando de frente con Hernán.

—Ahora tengo señora —gritó para que pudiera escucharlo—. Se llama Yésica.

Recién cuando escuché el nombre pude imaginarme a ese Hernán del que no tenía noticias desde hacía unos años, con una chica.

—Tenemos una nena de dos —agregó.

Casi que me caí de orto. Hernán, en pose de papá, sonrió y sacó pecho.

Me gustó verlo de nuevo.

—Ya no sos el pendejo que sale corriendo —le dije, y tomé un buen trago de cerveza.

Aunque no quise, pensé un segundo en Ezequiel. Después volví a tomar hasta vaciar el vaso y me dieron ganas de seguir la música y a los otros pibes.

—Che, ¿podés bailar? ¡Mirá que no quiero que venga ninguna a agarrarme de las mechas!

El que se reía ahora era Hernán. Dijo que la Yésica era re copada y que sí, que él podía bailar, porque con eso no pasaba nada.

Empezamos a movernos. Fuimos entrando en calor. La ropa de Hernán era negra. La mía también. Solo nosotros dos estábamos de negro en ese lugar. Y él, encima, con campera de tachas y una calavera dibujada y los costados de la cabeza afeitados a cero. Al principio nos atropellábamos un poco, pero seguimos igual.

«Las manos arriba», decía la canción, y todos levantaban las manos y marcaban el ritmo, haciendo como que disparaban contra el techo. Yo también levantaba las manos.

Bailamos un montón y, en vez de cansarme, cada vez tenía más ganas. Después de un rato Hernán dijo que tenía que irse, que andaba buscando una punta para comprar paraguayo, pero que antes me invitaría una cerveza.

Fue a buscar la cerveza y volvió. La tomamos a un costado de la pista, mirando el movimiento de los otros. Me sentía de visita, no sé si a él le habrá pasado lo mismo.

—Perdoname —dijo en un momento, sin levantar los ojos del vaso—. Tuve miedo.

Después me dio un beso y me abrazó un rato largo. Se dio media vuelta y se fue. Mientras lo veía irse hacia la salida, me quedé recordando aquella noche del tipo en el auto y los disparos. Fue la última vez que habíamos estado juntos.

Cuando ya casi se perdía entre la gente, Hernán se dio vuelta, levantó la mano para saludarme una última vez y desapareció.

ME QUEDÉ UN rato sola, hasta que me dieron ganas de irme. Tenía la cabeza cargada de las palabras que escupía la cumbia, pero no de su alegría. Me sentía aturdida también y las piernas me hormigueaban.

Caminé hacia la salida. Había un corredor oscuro que parecía un túnel. Lo pasé despacio, como si no estuviera segura de que tenía que irme. Cuando salí de El Rescate, era tan de noche que no me di cuenta de si lloviznaba o si se trataba del rocío que cae un rato antes del amanecer. Esperaba ver el camino de palmeras que daba a la ruta 8, dos filas de palmeras flacas que vivían entre baldosas y ruido de camiones, pero los reflectores me dejaron ciega, así que, para avanzar, tenía que mirar el piso.

Caminé así varios metros hasta que volví a levantar la vista y entrecerré los ojos para enfrentar las luces. Había mucha gente yendo de aquí para allá, nerviosa, y más adelante se estaba armando un amontonamiento alrededor de algo como cuando hay un accidente. Aunque me fastidiaba, tenía que pasar por ahí sí o sí. Caminé rápido, empujando para cruzar lo más pronto posible, y vi que había canas tratando de contener a la gente y,

más allá, una persona tirada en el suelo con un charco de sangre alrededor. Me acerqué a mirar. Primero reconocí la campera negra con tachas y la calavera y después la cara de Hernán.

Alguien me agarró de la muñeca.

—¿Qué mierda hacés con estos negros?

Era Ezequiel. Todavía tengo tatuada, en mi cabeza, la cara de orto que puso cuando vio que yo estaba ahí. Nunca lo había escuchado llamarnos «negros».

Mientras me vomitaba todo su enojo, Ezequiel me agarró de la mano y cruzamos el vallado que sus compañeros estaban poniendo. No sé adónde quería llevarme, pero le di un tirón de la mano y me quedé parada para que entendiera que más de ahí no me iba a mover. Me acerqué a Hernán. El dolor me ayudó a caer de rodillas, al costado de su cuerpo.

—¿Lo conocés? —me preguntó Ezequiel.

No le contesté, pero tampoco le solté la mano. Ni siquiera la solté cuando estiré la otra para acariciar, como un todo, cuerpo y suelo. La dejé apoyada junto a la campera negra, mirando el parche de la calavera para evitar mirar a Hernán. Después arranqué algo de tierra seca, quebrándola, como se arranca de la vida de una un amigo cuando muere.

Tenía ganas de hablar, no sé si a la tierra o al cuerpo de Hernán, pero le apreté más la mano a Ezequiel y me levanté.

No escuchaba nada. A los mirones los estaban sacando los otros yutas, pero costaba, no se querían ir. Y yo, mientras, unas ganas de hablar que me lastimaban la garganta. Pero si hubiera hablado

no podía tragar tierra. Aunque el silencio raspara hasta el alma. Sentía frío en todo el cuerpo, salvo la mano caliente que agarraba la de Ezequiel. Guardé la otra en el bolsillo, apretando la tierra como un tesoro.

Me di cuenta de que la gente me miraba. ¿Habrá dicho, alguno, «Cometierra»?

No escuchaba, pero veía, sí, toda esa nube de ojos agrandados como agujeros. Detrás del rímel corrido y las caras sin dormir, mezcladas, la pena y la bronca. Y algo nuevo: el miedo.

Ezequiel me sacó de ahí, me llevó hasta su auto, abrió la puerta del acompañante, me sentó y cerró la puerta. Todavía me parecía sentir los ojos de la gente mirándome.

—Esperame acá.

¿De qué tenían miedo?

¿De mí?

Hernán, que se había alejado a tiempo la primera vez, ahora estaba muerto. Nunca había vuelto. Fui yo la que, sin buscarlo, había ido a su encuentro.

Esperé un poco a que Ezequiel se alejara y me puse en la boca el pedazo duro de tierra.

Sabía que iba a lastimarme.

Cerré los ojos.

Se hizo de noche solo un momento.

Después empecé a ver.

DORMÍ CON RESACA. Debió ser eso. Ana, en mi sueño, estaba muy ojerosa. Nunca la había visto así. Hablaba como una desquiciada.

—El Corralón Panda, prohibido —repetía como si fuera un conjuro.

Y yo, para tranquilizarla, le decía que ya lo sabía. Que ya me lo había dicho.

Pero Ana no me creyó. Me miró con ojos tristes y dijo:

—Pero vas a ir. ¡Vas a ir!

Estaba sacada, irreconocible.

—No fue uno solo. Uno me arrastró. Otro me ató. Varios me arrancaron la ropa.

Yo no quería escucharla. Me tapé los oídos y me dije que solo era un sueño, un sueño, mientras el dolor me taladraba la cabeza.

Ella seguía y yo no podía siquiera contar a los tipos que iba nombrando.

Saqué las manos de mis orejas y Ana se calló.

Esperó un poco y, cuando supo que la escuchaba de nuevo, insistió:

—El Corralón Panda, prohibido.

Me desperté. No quería soñar con Ana nunca más.

SUS BRAZOS Y piernas nunca estaban quietos, como sus labios, que hablaban con la magia de arrastrar hacia ellos todos los ojos. Su cuerpo tenía la carne justa, como un artefacto pequeño, pero con la fuerza de las cosas nuevas. Yo le calculaba unos trece, pero todavía no me decidía si era un chabón o una pibita, y quería que hablara fuerte, porque había dormido poco y andaba medio perdida. Desde donde estaba, no podía escuchar su voz. Pero lo que me llegaba era la risa. «Miseria» le decían y pensé que iba a calentarse, pero no. Seguía cagándose de la risa como si nada. Y cada vez que alguien le decía «Miseria» se hacía cargo, como si fuese un nombre cualquiera.

Cuando me desperté en casa después del mediodía, el Walter había caído con los mismos flacos con los que la noche anterior habíamos ido al Rescate. Cada uno, además, se había traído del boliche a una piba, y no sé quién —¿el Walter?— se vino con Miseria.

«Tiene que ser una piba», pensé, mientras ni yo ni nadie podíamos sacarle los ojos de encima.

Casi todos estaban sentados en el suelo. Un par, en el sillón de la salita de atender y Miseria en el medio, dale que dale, sin parar de hablar.

Mi hermano estaba en la cocina, preparando Fernet, y cada tanto venía a traernos uno. A medida que pasaba un vaso, la mano que lo recibía se lo acercaba a la boca, despacio, como si entre trago y trago se quedara en algo, en algún recuerdo de Hernán.

Solo Miseria no debía haberlo conocido. «Muy pendeja», pensé. Tan flaca y con el pelo que apenas le llegaba a cubrir un poco las orejas y se le venía, cada dos por tres, para adelante, caído al costado de la sonrisa.

El Walter me pasó un Fernet y yo me senté en el suelo. Aunque tomaba despacio, me pegó enseguida. No había comido nada. De a poco, el suelo de mi casa pareció ir convirtiéndose en un velorio en ausencia. Vasos de mano en mano, alguna risa, silencio.

¿Qué íbamos a hacer?

No se me ocurría nada. Quería llamar a Ezequiel. Quería que todos se fueran de mi casa. Si Ezequiel hubiera llegado y nos hubiera encontrado a todos tomando, no habría entendido nada.

Sentada en el suelo, yo doblaba las piernas para abrazarme las rodillas. Tan enroscada y metida en mi cabeza estaba que, cuando Miseria me habló, me costó un poco echar la voz para afuera. La pibita se me estaba sentando al lado y me preguntaba si no me jodía.

Me cayó la ficha de que todos estaban juntos y la única sola era yo.

—Dale —le dije y se sentó.

Me dijo que había dejado la calza en el guardarropas del boliche. No le contesté. Pensaba en que no me había despedido de Hernán, que ahora ya era tarde. Una chica empezó a llorar y alguien, que estaba al lado, la abrazó y le pasó un trago.

—Por eso tengo los pantalones de tu hermano —dijo Miseria y largó una carcajada—. Parezco un chongo.

Me hacía acordar a mí.

—Si dejaste la calza en el guardarropas, ¿con qué carajo saliste del Rescate?

Miseria hizo un gesto con dos dedos de la mano, marcando un tamaño mínimo.

—Así la pollerita, amarilla, como la de la canción —dijo.

Le sonreí.

Miseria asintió con la cabeza y después me contó que a Hernán lo tenía visto de cuando era chica. Cuando a la vieja no le salía nada de laburo, la llevaba a un comedor del barrio. Ahí los pibes le habían puesto «Miseria».

—Te leo la mano —me dijo después la pendeja atrevida.

No pidió permiso, me agarró la mano, y mientras la miraba me acordé de cuando yo era una pibita y también iba a un comedero.

Todo se comía con cuchara porque no había tenedor ni cuchillo. Eso tenía que alcanzar. Te los daba la doña, tratando de mirarte la cara de frente, y había que agachar la cabeza para zafar de la mueca que le aparecía al lado de la boca, como un gusano. Yo trataba de no mirarla porque le tenía miedo. Si te veía comiendo con la mano, te pegaba con la cuchara de madera. «Animalitos», decía.

Cuando mamá murió, la tía nos llevaba al Walter y a mí al comedor de la doña para que nos llenara la panza. Una vez esa señora me había dicho lo mismo que ahora me tiraba la pendeja esa mirándome la mano:

—A la larga vas a andar bien. Te vas a ganar un camino, pero el precio que vas a pagar es enorme.

Sin saber por qué, me quedé sonriendo, como si me hubiera mordido la culebra del amor que habíamos bailado la noche anterior con Hernán.

Lo miré al Walter como tratando de preguntarle: «¿De dónde sacaste a esta piba?», pero mi hermano no entendió. Seguía repartiendo Fernet como si fuera un remedio.

Tomé otro trago de mi vaso y volví a pensar: «¿Qué carajo vamos a hacer?».

Si abría la boca, todos iban a querer dársela al Ale Skin.

La primera vez que lo vi había sido como mil años atrás, pero la tenía grabada como si hubiera sido ayer. Era chica yo, seis o siete años, y andaba de berrinche en berrinche, emperrada con unas botitas que quería tener. Nadie me daba bola. Hasta que la tarde de mi cumpleaños mi vieja me dio una bolsa con un moño. No esperó a que lo abriera para decir:

—No las vayas a manchar.

Era tan pelotuda que me puse las botas de una y salí a la calle solo para que todas me vieran. Una piba buscó una excusa para pelearse conmigo y el resto salió a apoyarla. Mucho no me lo banqué y tuve que meterme en casa. Para salir de nuevo con las botitas puestas, porque de sacármelas ni hablar, me le pegué al Walter. Me fui a su pieza y esperé un montón hasta que mi hermano quiso arrancar. El Walter ese día quería ir a los videojuegos. El viejo puso cara de oler mierda y tiró «malas juntas», pero a él no le importó.

Así que andábamos, esa tarde, emperrados los dos. Yo con las botitas nuevas y el Walter fijo en ir a los videojuegos. Y salimos.

Caminamos rápido, los ojos hacia adelante y sin hablar. El Walter dijo que fuésemos por las vías, porque era más directo. Saltar los alambres no me gustaba ni medio, pero caminar por la vía muerta tenía la ventaja de no encontrarte a nadie. Traté de saltar, como mi hermano, pero no pude. Después me arrastré y pasé por abajo del alambrado, sin ver que entre los pastos quemados había grasa que vino a pegarse justo en mis botas.

Me refregué las botas, cerré los ojos y volví a refregar más fuerte, pero no solo la mancha seguía ahí sino que la grasa se contagiaba a todo lo que frotaba. Entonces me abracé las piernas y me puse a llorar. El Walter trató de consolarme para que me levantara y la cortara de una vez, pero solo dejé de llorar cuando abrí los ojos y vi que por la vía muerta se acercaban ellos.

No era la ropa negra ni las cabezas rapadas sino la forma de moverse hacia nosotros lo que te hacía sentir que esos cuatro te podían moler los huesos. El Ale Skin era el único de ellos que llevaba un palo enorme. Mi hermano dijo «es un bate de béisbol» y a mí el miedo me cortó la garganta. En vez de arrancar para los videojuegos, nos quedamos paralizados.

Cuando estaban cerca, el Ale Skin levantó el palo y dijo:

—Quiero jugar.

Los otros tres se rieron. Hablaban y se reían adelante nuestro, como si no estuviéramos. Uno de los amigos le contestó «juguemos con la cabeza de ella» y el Ale Skin agitó el bate en el aire como si me fuera a arrancar la cabeza. El Walter, rápido, se paró adelante mío y lo miró fijo. Los otros tres se rieron mientras yo

casi me meaba encima. Después, el tipo bajó el palo, se acercó a mi hermano y lo escupió en la cara. Volvieron a reírse. El Walter no se movió. Cuando el corazón me estaba por explotar del miedo, los tipos, no sé por qué, dieron media vuelta y empezaron a alejarse. El Walter se limpió la cara con la manga del buzo y no dijimos nada.

En la visión lo había visto todo de negro y rapado, igual que aquella vez. Pero en vez del bate llevaba un cuchillo entre la ropa. Con ese cuchillo había terminado con la vida de Hernán, rápido, sin bardear de más. El tipo sabía lo que hacía pero yo no terminaba de entender por qué.

Miseria tomó unos tragos de Fernet y me pasó el vaso. A mí ya me temblaba el pulso. Odiaba que el Fernet se me volcara. Odiaba las manchas. Odiaba el alcohol derramado sobre el suelo y que en el suelo de mi casa cayeran lágrimas por un amigo muerto.

«Fue el Ale Skin», pensé. Las palabras me quemaban en la garganta, pero no quería decir nada: unas palabras también te pueden manchar. Tomé del vaso que tenía en la mano y que ahora podía controlar. Al ver que mi hermano era el único de pie en toda la reunión, lo levanté hacia él y él me devolvió el gesto.

Miseria me miró, sonriendo. Seguro pensó que me había pegado el Fernet, que estaba colgada. Después dijo que le dolía la panza y se señaló justo entre las costillas.

—¿Comiste algo? —le pregunté.

Primero alzó los hombros, como si no fuera una pregunta importante, y después negó con la cabeza y se rio. Pero la risa se le

cortó y volvió a tocarse la panza. Me pidió el vaso y tomó otro sorbo de Fernet. Miseria tenía hambre y tomaba Fernet. Me hubiera gustado decirle que le iba a preparar algo, pero en la casa no había nada.

Íbamos a tener que salir a comprar algo para comer, pensé, pero no sería fácil mover a toda esa gente. A mí también me estaba costando activar.

Me levanté con esfuerzo mirando al Walter, que charlaba con dos pibas y un pibe. Caminé pensando en decirle que fuéramos a comprar unas pizzas o algo de pan y fiambre, pero cuando llegué hasta él se me puso la mente en blanco y lo único que me salió fue decir:

—Dijo la tierra que a Hernán lo mató el Ale Skin.

Se hizo un silencio de muerte y de repente todo estalló. Los pibes y las pibas se pararon furiosos y empezaron a hablar y a gritar a la vez.

Nadie se escuchaba.

—El Ale Skin, qué hijo de puta —dijo uno.

—Hijos de puta. ¿Sabés lo que les vamos a hacer? —dijo otro.

—Hay que vengar a Hernán —dijo una piba que yo no conocía.

Hablaban todos juntos, repitiendo una y otra vez lo mismo, cada vez más sacados. Mi hermano era el único que no hablaba. Se movía nervioso, de acá para allá.

Pensé que lo mejor hubiera sido llamar a Ezequiel. O, mejor, nunca haber ido al Rescate ni cruzármelo a Hernán. Quise que se fueran. Que me dejaran sola en mi casa. Me dolía mucho la cabeza.

Busqué a Miseria con la vista pero no estaba.

La encontré en la cocina.

Estaba apoyada contra la mesada. Comía papas fritas con los dedos de un cono de cartón que parecía mojado por la grasa. Se olían desde la puerta. Cuando me vio, estiró el brazo:

—¿Querés? Las encontré en la heladera.

Le contesté que no tenía hambre y ella siguió comiendo, chupándose el aceite de los dedos, como si le importara un carajo que yo estuviera ahí. Bajó la vista para hurgar en el fondo buscando las últimas papas, sin dejar de masticar.

En ese momento entró el Walter, nos vio, no dijo nada y se fue. Parecía ido.

Miseria lo miró salir, y después me miró, tragó y dijo:

—Boluda, ¿por qué no me lo contaste a mí?

En casa no había quedado un alma.

Aunque el alcohol, la tristeza y el cansancio pesaran, los pibes caminaban apurados.

Yo no. Yo solo pensaba en los últimos sueños con Ana, en el Walter en lo de Tito el Panda y en el filo de aquel cuchillo que lo estaba apuntando. Sabía que era el mismo que había roto el cuerpo de Hernán y todavía lo íbamos a ver. De nuevo pensé en llamar a Ezequiel. Por lo menos mandarle un mensaje. Pero no. Hubiera tenido que estar horas dando explicaciones.

Miré a las otras chicas. Un par, pegadas a los pibes, se esforzaban por seguirles el ritmo dando pasos enormes. Ya no había calles ni se sentía el ruido de la ruta. Se empezaba a ver el cañaveral y, más adelante, el terreno que siempre me había dado miedo porque los árboles y las plantas me hacían pensar que escondían gente.

Estábamos saliendo de la tierra que conocía y entrando en otra. Una que no me gustaba para nada, porque si la probaba, yo sabía que mostraba cosas que no quería ver. Me las tiraba a la cara. Como ese aire que se nos venía encima y que olía distinto.

Los otros aceleraban cada vez más. Me apuré también. Miseria hasta parecía divertida. No le costaba nada apurarse. Seguía riéndose, ni siquiera le faltaba el aire. ¿Le importaría Hernán? Me daba un poco de bronca. Y mi hermano y yo, ¿le importaríamos algo?

Mal que mal, Miseria nos estaba acompañando.

Me preguntó cuánto faltaba para llegar.

Le contesté que ya faltaba poco y dejó de sonreír.

—¿Viniste alguna vez para este lado? —le dije. Ella abrió bien grande los ojos y contestó:

—Ni loca. ¿A qué? Mi vieja me mata.

Ya se veía el cartel enorme que había en lo alto del galpón principal. Tenía un costado comido por el óxido, pero igual se llegaba a leer: Corralón Panda.

Lo dejamos atrás. Una flaca que iba adelante mío tropezó y cayó. El pasto estaba alto. El suelo ni se veía. Dos pibes la ayudaron a levantarse, mientras ella se agarraba el tobillo. Rengueando un poco, retomó el paso. El resto no había parado. Miseria tampoco. Los que quedamos rezagados apuramos todavía más para arrimarnos al grupo. Ahora que estábamos cerca, nadie quería estar solo, separado de los demás, cuando pintara el Ale Skin.

Anochecía.

Había un camión atravesado en la entrada del estacionamiento. La caja llena de pilas de cajones de cerveza como para una fiesta. Los que iban adelante se pararon a mirar el camión y a esperarnos.

Toqué una botella, que estaba caliente. El suelo abajo del camión ya no era de tierra sino de pavimento.

Enfilamos todos juntos hacia la entrada del galpón que estaba iluminado.

Con Miseria nos miramos de reojo.

Con la cantidad de alcohol que habían llevado, eso iba a tener que llenarse. Pero era temprano para una noche de sábado. Todavía ni habían cargado las cervezas en la heladera.

Había un tipo enorme parado en la puerta.

—¿A qué se juega? —le dijo mi hermano.

El tipo nos miró de arriba abajo.

—¿Vienen a la matiné?

Como vio que no decíamos nada, pero tampoco nadie amagaba con dar la vuelta, nos estudió un rato más y después, en silencio, corrió su cuerpo enorme y nos dejó pasar.

ERA UN GALPÓN de mierda. Estaba más oscuro adentro que afuera. Como la noche todavía no había empezado, los que estaban tomando desde temprano parecían fantasmas.

El techo era tan alto que me hizo sentir que éramos más chicos todos, pero traté de que no se me notara el miedo. Sonaba una música que no había escuchado nunca. Las paredes habían sido blancas alguna vez, pero ahora eran de un gris mugre y las luces de los faroles, ahogadas por el humo de los cigarrillos, alumbraban poco. El humo me sorprendió. No lo recordaba en mi sueño.

De nosotros, el único que caminaba sin achicarse era el Walter. Nos dispersamos en grupos de dos y de tres. Miseria comenzó a moverse hacia un sector con mesas y yo me puse al lado de ella. No me animaba a darle la espalda a nadie. Miraba buscando alguna cara conocida, pero no, todos fantasmas. Los otros, cada tanto, me devolvían la mirada.

Miseria tenía una sonrisa fija, como tratando de demostrar que estaba todo bien, pero no era la sonrisa de antes. Y también buscaba, como yo, y como los demás. Yo estaba esperando que apareciera la primera señal de lo que me había mostrado la tierra.

A partir de ese momento, todo se nos iba a venir encima, imparable hasta el cuchillo.

En las mesas, entre botellas y vasos, había cartas, colores, diamantes, corazones. Las únicas mujeres que había en el lugar éramos Miseria, yo y las otras pibas que habían venido con nosotras. El resto, todos tipos, que no paraban de mirarnos.

Nos acercamos a una mesa. Los tipos que jugaban se corrieron para hacernos lugar. No entendía a qué jugaban, pero el olor que subía de la mesa, del cuerpo de los hombres y los vasos y los ceniceros llenos de puchos me hizo acordar al que le sentía a veces a mi viejo pegado en la ropa, el pelo y la piel. Un tipo me pasó un vaso pesado. Su mano caliente me tocó antes que el vidrio. Di un trago para probar, no supe qué era pero me gustó, y después le di un trago más largo y le devolví el vaso.

Vi que mi hermano caminaba hacia una barra larga que había en un costado del galpón, más allá de las mesas. Lo seguían dos de los nuestros. Caminaba con una seguridad que me llamó la atención. Se inclinó sobre la barra, pidió algo, agarró la botella de birra que le dieron y pagó. Después, se dio vuelta y tomó directamente del pico. Nunca lo había visto tomar del pico cuando salíamos. Me molestó. Tampoco nadie lo estaba haciendo en ese lugar. Volvió a tomar y hasta los tipos que jugaban en las mesas lo empezaron a mirar mal.

Caminé hasta él y le dije:

—Terminala, Walter.

Pero, como si no me escuchara, mi hermano le pasó la botella al pibe de al lado, que tomó sin limpiar el pico. Se rieron fuerte, empezando a agitar.

Ahora todos miraban cómo mi hermano y los dos piben se reían y hacían circular las birras de mano en mano, hasta que en un momento el Walter pegó un trago enorme, se ahogó y se puso a toser. Intentaba seguir tomando pero la tos lo interrumpía. De la botella se derramó espuma al suelo y, al ver eso, mi hermano, que seguía tosiendo, soltó la botella, que se estrelló en el suelo, y se dobló y empezó a vomitar.

A mi espalda, una voz filosa, de desprecio, la misma voz que había escuchado la tarde de las botitas manchadas, la voz del Ale Skin, dijo:

—Mirá lo que hacen estos negros de mierda.

SE VE QUE al Walter, en el sueño, no le había reconocido la mano. En el mismo segundo en que se giró hacia el Ale Skin, sacó una faca como si la hubiese tenido preparada desde hacía tiempo. El efecto de la cerveza ya no existía. El Walter, fresco, tiró un puntazo que el otro apenas llegó a desviar.

Y el Ale Skin, de la parte de atrás de su pantalón, lo enfrentó con su cuchillo.

Los demás pelados también estaban ahí.

Miseria estaba a los empujones con otro que ni sé de dónde había salido. Agarró una botella, dejé de verla un toque y un instante después la botella estaba rota y el tipo en el suelo.

El Ale Skin se sacó la campera mirando fijamente a mi hermano. Esperaba que volviera a intentar entrarle con la faca. Y el Walter también esperaba el movimiento del cuchillo en su mano izquierda: en la cara le vi algo de animal. El Ale Skin tiró un puntazo y mi hermano retrocedió, pero el otro insistió, rápido, con la mano que tenía la campera. Entonces el Walter se mandó de nuevo con la faca, que el Ale Skin le voló con la campera mientras le tiraba una patada a la pierna. El Walter quedó dolido. Se defendía

con los antebrazos para mantener los cortes lejos del cuerpo. Hasta que en una logró engancharle una patada y también el cuchillo del Ale cayó lejos de su cuerpo. Mi hermano, aprovechando, le metió alto puño en la cara al Ale Skin y logró tirarlo. Una vez más la cosa había cambiado y mi hermano empezó a darle con bronca en el suelo.

Apareció corriendo el patova de la puerta, que se acercó al Walter desde atrás, sin que lo viera, lo levantó por la espalda y lo dejó inmovilizado. El Ale se paró en un segundo. Sabiendo que no iba a poder zafarse de esos dos, busqué con la vista a los otros, por si alguien podía ayudarlo, pero todos se estaban agarrando con alguno. Nadie libre.

Ahora era el Ale Skin el que le pegaba a mi hermano. El Walter recibía un golpe tras otro. No podía moverse y yo ya no quería mirar más. Vi tirado el cuchillo del Ale Skin. No estaba lejos y yo tenía que agarrarlo como fuese. Traté de acercarme, pero sentí una patada tremenda y me caí al piso. Ya no pude volver a moverme.

—Vamos a darle —escuché que alguien decía.

Levanté la cabeza y llegué a ver al que me había dado la patada. Miseria y la otra piba corrieron a hacerle frente. El tipo retrocedió y se me cayó encima.

Justo delante de mí vi que una mano se llevaba el cuchillo, rozándome. Yo conocía esa mano, ese brazo, que agarró al tipo que tenía encima mío y lo levantó como si fuera una bolsa de basura y que después le metió tremenda piña que lo dejó, por el momento, fuera de combate.

Era mi viejo.

Al darme cuenta, se me cortó la respiración.

Mi viejo escondió el cuchillo y se acercó adonde el Walter la estaba ligando. Cuerpeó al Ale Skin y lo obligó a parar los golpes y retroceder. De la sorpresa, el patova que tenía agarrado a mi hermano aflojó lo suficiente como para que él pudiera zafarse.

—Correte, viejo de mierda —dijo el Ale Skin.

Y mi viejo, con la rapidez del que sabe moverse entre las sombras, sacó el cuchillo y se lo enterró en la carne.

Estaba aturdida.

Era como si el gris de las paredes nos hubiese contagiado algo.

Adentro era un quilombo y nosotros caminábamos hacia la salida. Ninguno se la había llevado de arriba, pero tampoco había quedado demasiado golpeado. A mí me empujaban, me llevaban, sentía un brazo en la cintura. Era el viejo. No necesitaba verlo para saber que era él. Escuchaba los insultos como si fuera un perro ladrándonos.

—¡Esto no se queda así, hijos de puta! —gritaban los pelados que habían quedado atrás.

Sus voces querían golpear. Pero no se acercaban. Se quedaron con el Ale Skin.

No sé cómo, pero sabía que el Ale Skin no iba a zafar de esa. Hicieran lo que hicieran, el Ale Skin estaba tan muerto como Hernán.

Yo no podía ni hablar. El Walter seguía gritando y yo solo

quería que se callara. Que se callaran todos. Que se fueran y nos dejaran solos a mi hermano y a mí, como siempre.

En un momento, mi viejo me soltó y se quedó parado.

—Nos vamos a volver a ver —le dijo el Walter.

Mi viejo no contestó, pero había alivio en sus ojos.

Dos veces lo vi matar.

Tercera parte

—**COMETIERRA, EL LUGAR** donde aprendiste a comer tierra ya no existe. Se va a venir todo abajo —dijo la seño Ana en mi sueño.

Miré alrededor. No sabía dónde estábamos. No era el barrio, ni el corralón.

—¿Qué es este lugar?

—Te dije que ahí no tenían que volver, que estaba prohibido —agregó Ana—. Mirame ahora. Vienen por ustedes. ¿Vos querés seguir adivinando?

—No.

—¿Y yo qué? ¿Y todo lo que me prometiste?

—Ya no quiero seguir, Ana.

—Pero podés encontrarlos a ellos. Hacer que los encierren, por mí. Si están libres, van a seguir matando, ¿entendés?

Su voz era tan horrible que me desperté.

—¿Y **SI NOS** vamos, Walter?

No sé si estaba durmiendo, pero cuando mi hermano me escuchó se dio vuelta y se tapó la cabeza con la almohada. Me gustó verlo dormir en esa cama. Por unos minutos fue como si no hubiera pasado nada.

Esperé. Apenas lo escuchaba respirar.

Cuando estaba por irme, me dijo:

—Poné la pava.

Encendí la hornalla, llené la pava, la apoyé encima y me quedé mirando el fuego. Mi hermano entró, abrió la heladera y sacó una botella de agua. Se sirvió un vaso y se paró al lado mío, apoyado en la pared. Mientras tomaba, él también se puso a mirar el fuego.

—¿Te acordás cuando te olvidaste la pava del viejo y quedó toda negra? Te quería matar.

Seguí mirando la pava hasta que se oscureció en mi cabeza.

No pensé que irme iba a ser tan triste.

Pero, en vez de contestar, le pregunté:

—¿Y qué hacemos con las botellas?

El Walter volvió a tomar agua y dijo:

—Las botellas se quedan.

Seguíamos mirando el fuego, callados. Me pareció que la pava se estaba calentando de más, pero no me moví. El Walter apagó la hornalla, metió la pava abajo de la canilla y le tiró un chorro de agua fría. Mientras, yo agarré el mate y el paquete de yerba que andaba por la mitad.

Nos sentamos a la mesa de la salita de atender.

Al rato, sin golpear, Miseria empujó la puerta y entró.

Miró el mate y se sentó con nosotros. Tenía la sonrisa distinta.

—Yo vendo la moto y tenemos algo de guita. Las herramientas me las llevo, me pueden servir —dijo mi hermano, como si todavía estuviéramos solos los dos.

—Yo quiero terminar con la tierra —dije y el Walter no me contestó.

Miseria me miró abriendo los ojos enormes.

Le pasé el mate a mi hermano, que cebó y se lo pasó a ella. Sus dedos se tocaron.

—¿Y para qué lado arrancamos? —dije.

No sé por qué, quise que se soltaran.

—Voy con ustedes —me cortó Miseria.

—Sos loca, pendeja. No quiero terminar en cana —dijo el Walter y apoyó el mate con fuerza sobre la mesa, como si el golpe fuera a dar por terminado el asunto.

Miseria no se asustó. Al contrario, pareció tomar fuerza:

—Le digo a mi mom que me conseguí un laburo y voy yo también.

El Walter y yo nos miramos.

—¿Y de qué podés laburar vos? —dijo él.

—Ni idea, pero si le digo eso seguro me va a dejar.

Yo no hablé, pero pensé que Miseria era apenas un poco más grande que yo cuando mataron a mi vieja. Y que me gustaba la idea de que se viniera con nosotros.

Nos quedamos callados un buen rato. Hasta que Miseria dijo:

—Al mate lo llevamos. —Y se rio.

Y al Walter se le notó que le encantaba.

Se levantó y se acercó a mi silla.

Me dio un beso en la frente y me dijo:

—Nos vamos, hermanita.

EL WALTER SALIÓ con Miseria. Creo que fue hasta la casa de ella. No los vi salir.

Yo me acosté un rato en mi cama. Estaba cansada pero el acelere no me dejaba dormir. La peor combinación. Ni el corazón se me calmaba. Cerré los ojos.

«¿Y Ezequiel?», me pregunté.

«Ezequiel se queda».

No tenía con quién hablar sobre eso, así que me preguntaba y me respondía a mí misma.

«¿Y Ezequiel?».

«Ezequiel se queda».

Abrí los ojos. Busqué un espejo en un cajón. Era el de mi mamá. Recordé todas las veces en las que la había visto mirarse en ese espejo y traté de buscar algo de ella ahí, algo de mamá que me ayudara ahora.

Vi mi boca moverse:

«Ezequiel se queda».

Agarré la frazada y me tapé hasta la cabeza. Cerré los ojos y empecé a llorar.

CUANDO LE DIJE a Ezequiel de encontrarnos, le gustó.

En el espejo del baño, me busqué algo distinto en la cara, pero o no había nada o no lo pude encontrar. Eran los ojos de siempre.

Me lavé los dientes. Me puse rímel. Me colgué la mochila. Busqué las llaves, salí y cerré la puerta. Cuando estaba por ponerle llave, me frené. «¿Qué tanta llave si ya nos vamos?», pensé. Dejé la puerta abierta. Tiré las llaves adentro de la mochila y caminé hacia la comisaría.

Cuando llegué, él me estaba esperando en la puerta. Le di un beso rápido. Ezequiel no se había enojado porque yo no lo había llamado. Me preguntó si quería que fuéramos a su casa y le dije que no, que prefería ir a dar vueltas en el auto.

—¿Adónde?

—Ni idea. Necesito hablar —le contesté, pero en cuanto subimos al auto me quedé callada.

Me dijo que tenía ganas de comprar algo para tomar y yo le dije que sí con la cabeza. Paramos en el almacén de una vieja. Ezequiel me dijo que agarrara lo que quisiera y yo abrí la heladera y saqué dos cervezas. Lo único que me importaba era que

estuvieran heladas. Se las mostré a la vieja y le pedí un paquete de maní.

—Tengo suelto.

Le dije que quería cien gramos.

Ezequiel no quería cerveza y le pidió a la vieja tres petacas de no sé qué, pagó y nos fuimos.

Tomamos un rato parados en la vereda. Hasta que Ezequiel me dijo:

—Arranquemos.

Nos subimos al auto.

La birra ya estaba por la mitad y la apoyé entre mis pies. Comí un puñado de maníes para que no me doliera el estómago.

—¿Me vas a decir qué pasa? —me dijo.

—Nos vamos —contesté, como si con eso alcanzara. Ezequiel se quedó callado, manejando. Esperaba que dijera algo más.

—Nos vamos, Ezequiel, dejamos la casa.

—¿Por qué?

—Porque no puedo más con la gente y la tierra.

Pareció como si no me hubiera escuchado porque seguía manejando como si nada, hasta que empezó a ir más despacio y se metió por una calle oscura en la que no había nadie.

—No quiero más muertos —le dije.

Ezequiel arrimó el auto al cordón de la vereda y frenó junto a un árbol. Siguió agarrado al volante. Yo miraba para afuera. Le entré a la birra de nuevo, varias veces.

—¿Lejos? —preguntó Ezequiel.

—Ni idea.

Me terminé la cerveza, abrí la puerta, bajé y tiré la botella. Estaba intentando imaginar cómo podíamos seguirla Ezequiel y yo y todo me parecía cualquiera. Hablar por el celu, chatear. No había nada que pudiera decir, nada que nos tranquilizara, ni a mí ni a él.

Entré al auto, me senté, lo miré.

—Se nos va a ocurrir alguna.

Bajé la vista. Ezequiel no contestó, tomó y yo miré la segunda cerveza.

—¿Me llevás al cementerio?

—¿Al cementerio?

Le dije que sí, pero que primero pasáramos por otro almacén, que íbamos a necesitar mucho más escabio.

NOS ESTÁBAMOS YENDO. Éramos tres, tres mochilas, tres celulares. Mi mochila y la del Walter, a punto de reventar. La de Miseria más flaca que ella, como si llevara solo un par de calzas.

Caminábamos por el costado de la ruta. La oscuridad se rompió por los reflectores de un camión que venía de frente. Después pasó otro y después otro más. Siempre había camiones en la ruta. Las luces eran tan potentes que de a ratos nos dejaban medio ciegos.

Le podría haber pedido a Ezequiel que nos llevara a cualquier lado, pero no quise. El día anterior casi le había vomitado el auto. Además, me habría costado el doble arrancar.

Seguí caminando, pero apretando mi celu, como si Ezequiel, desde ahora, fuera a quedar guardado ahí.

Cruzamos una avenida. Los días de lluvia ese lugar se inundaba que parecía un río. Cuando era chica, nunca quería ir por ahí. Me parecía que las bocas de tormenta podían comerme. Me acordé de eso y me dio risa.

La mayoría de las casas estaban oscuras. Los negocios, cerrados para siempre. Un gato se asomó a través de un vidrio roto y nos miró como si todo le importara un carajo.

Las luces venían de los camiones y se iban con ellos. Casi no había otras.

Pensé en lo que había dicho el Walter: «Cuando salgamos, vamos a tomarnos algo, un bondi, un tren, lo que sea».

Pasamos por al lado de una estación de servicio abandonada. Era enorme y no me acordaba si alguna vez la había visto funcionando o si siempre había estado así, tapiada con maderas que no dejaban ver para adentro. Nunca una luz. Las veces que pasaba por ahí, me colgaba a leer lo que iban escribiendo en las maderas. Casi me sabía todas las inscripciones de memoria. El corazón en donde decía: «Yani y Lara 4ever». Abajo: «Lucas se te acaba el juego». En aerosol negro: «Awante los pibes del portón». Más adelante un esténcil que también se leía por todo el barrio: «Melina baila en mi corazón lesbiano». Y atravesado, enorme: «Rescatate wachx: Podestá es tu tierra».

Me frené. Di unos pasos hacia atrás para poder ver de más lejos todo junto: «Podestá es tu tierra».

Antes de que vendiera la moto, Miseria le había pedido a mi hermano que le enseñara a manejar. El Walter le dijo que no y Miseria le contestó:

—No te digo que ahora. Afuera, cuando te comprés otra.

«Afuera…», como si nos estuviéramos yendo a China.

Miseria y el Walter se habían adelantado casi una cuadra.

Sola, parada delante de la estación de servicio, me saqué las zapatillas y apreté los pies contra la tierra. Pisé fuerte mientras leía los grafitti un par de veces más. Tenía que irme.

Me agaché y toqué. La tierra estaba fría pero me gustaba: era tierra, ni basura ni polvo. Tierra de acá. Agarré un montoncito, lo apreté en mi mano. ¿Sabría la tierra que ahí había estado yo?

Me enderecé y la metí en mi bolsillo.

Después me puse de nuevo las zapatillas y me apuré para alcanzar al Walter y a Miseria.

ESTÁBAMOS AFUERA, ESPERANDO al costado de la ruta.

Por ahí pasaban varios bondis y todavía no era tan tarde.

—El primero que venga —dijo mi hermano y a nosotras nos pareció bien.

A lo lejos vimos las luces de uno.

—¿La parada? —pregunté.

Miseria sonrió. Hizo un «yo qué sé» con los hombros, pero cuando el colectivo estuvo más cerca levantó el brazo.

El bondi paró. Subimos y estaba casi vacío. Había un viejo durmiendo en un asiento y, cerca de la puerta, una pareja a los besos. En el fondo no había nadie. Saqué tres boletos aunque no sabía para dónde íbamos.

El Walter y Miseria se sentaron atrás, pegados a la puerta de salida.

—Necesito el asiento de la ventanilla —le dije a Miseria.

Ella me miró y pensé que iba a hacer una broma, pero al verme seria se levantó y se sentó del otro lado.

Nos estábamos yendo.

Yo contra la ventanilla, al lado mío el Walter y Miseria despatarrada en el asiento, con la cabeza apoyada en el hombro de mi hermano.

El colectivo dio vuelta en una esquina y pude ver lo que iba quedando atrás. No había un alma, pero para donde íbamos todo parecía más oscuro.

Pensé que estaba sola y entrando en un lugar nuevo. La noche lo escondía un poco y algunas luces me lo iban mostrando. Busqué la tierra en el bolsillo, era poca. El bondi daba saltos, íbamos por calles rotas. Me puse la tierra en la boca, no tenía nada para bajarla, pero así estaba bien. Quería sentirla.

Me apoyé en la ventanilla, cerré los ojos y me llegó una voz que me dio sueño:

—Cometierra, el lugar donde aprendiste a leer la tierra ya no existe.

En mi cabeza empezó a dibujarse un lugar conocido. Como si hubiese prendido una vela, mis ojos se acostumbraron a ver. Estábamos el Walter, Miseria y yo sentados en el sillón de la salita de atender. Parecíamos cansados. Tristes. Éramos más grandes que ahora. Había un pibito corriendo por todos lados y yo trataba de seguirlo con los ojos. Se tropezó. Una pared cerraba la entrada de la pieza de mi hermano. El chico apoyó la mano contra los ladrillos desnudos. Los ladrillos y el chico eran igual de nuevos y extraños para mí. El Walter lo llamó y el pibito corrió hacia él y se le subió encima.

Había botellas, muchas, en la salita de atender.

—Cometierra, el lugar donde aprendiste a leer la tierra ya no existe —volvió a decir la voz y yo me enojé.

Sonó el celu. Traté de atender pero no pude. No veía los botones ni podía leer nada. Pensé que era Ezequiel, me desesperé.

—Te están esperando —dijo furiosa la seño Ana—. Tenés trabajo que hacer, aunque la casa se haya venido abajo y solo quede la salita. Están llevando a uno más a tierra.

Abrí los ojos.

Pensé en el día anterior, cuando Ezequiel me acompañó a la tumba de mamá. Pensé en la tumba de al lado, en las palabras que leí sobre la lápida. Habían escrito un montón. La de mamá solo tiene un nombre y dos fechas.

No sé quién había puesto la lápida de mamá. No habíamos sido ni el Walter ni yo.

Lápidas, como si alguien pudiera mandarles una carta a sus muertos.

Ana nunca tuvo.

Mamá, solo su nombre y las fechas.

Miré a un lado. Mi hermano abrazaba a Miseria por los hombros y dormían los dos.

Tenía muchas ganas de tomarme una cerveza. Respiré profundo, todavía sentía la tierra en la boca, pero no volví a cerrar los ojos. Miré de frente la noche a través de la ventanilla del bondi. Largué el aire despacio mientras pensaba, de nuevo, en la tumba de mi vieja, en la de al lado, en Ezequiel y yo escabiando como si se acabara el mundo.

«Ezequiel», dije, y pensé que yo también quería, ahí afuera, un nombre para mí.

AGRADECIMIENTOS

Gracias a Selva Almada y a Julián López, que saben ser maestrxs.

A Marcelo Carnero y a Victoria Schcolnik, que me brindaron Enjambre y su propia presencia como primer espacio de escritura. A todxs mis compañerxs de taller y clínica, que fueron mis primeros lectores.

A Vera Giaconi, que me ayudó a ver todavía más allá, y a escribirlo.

Gracias a mis hijxs, Ashanti, Ezequiel, Reina, Eva, Valentín, Ariadna y Benja por todo este tiempo.